英雄伝説
空の軌跡
2 黒のオーブメント

◉ はせがわみやび
Illustrator
◉ ワダアルコ

目次

Characters

シェラザード・ハーヴェイ

《銀閃》の異名を持つ新進気鋭の正遊撃士。かつては旅の一座に所属していたが、ふとしたきっかけでロレントへ移り住み、現在へと至っている。エステルにとっては姉のように頼りになる存在。ただし、酒癖はすこぶる悪い……。

ヨシュア・ブライト

5年前にエステルの父・カシウスに引き取られ、ブライト家へとやってきた16歳の少年。冷静沈着な性格で、暴走しがちなエステルを常に、一歩引いたところからサポートしている。時折、物憂げな表情を浮かべることもある。

エステル・ブライト

遊撃士を目指す16歳の少女。いつも明るく前向きで、周りにいる人たちの心を温かくしてくれる。故郷・ロレント市でのテストで準遊撃士となり、次に正遊撃士となるべく、リベール国内を徒歩で巡る旅を行っている。

アラン・リシャール

リベール王国軍の大佐にして、新設された情報局のリーダーも務める若き俊英。リベールが直面している危機を憂い、精力的に活動していることから、国民からの信頼も篤い。

オリビエ・レンハイム

エステルたちがボース市で出会った、自称「漂泊の詩人にして不世出の天才演奏家」と胡散臭さ溢れる青年。空気を読まず、ふざけた態度を繰り返すが、思慮深さを垣間見せることもあり、底の知れない一面も持っている。

ナイアル・バーンズ
&
ドロシー・ハイアット

エステルたちが出会った「リベール通信社」に所属しているジャーナリスト&カメラマン。無精者だが真摯にスクープを追い求めるナイアルと、抜けたところがあるがカメラの腕は天才的なドロシーという凸凹コンビ。

空をゆく飛行船の甲板の上。

金の髪を風に躍らせながら、ひとりの青年が手すりに背中を預けて呟いている。

「そう。空賊たちの正体は、没落したカプア家の連中だったってわけ。まさか、リベールに流れついてきているとはね」

囁くような声だが、話しかけている相手は目の前にいない。

金髪の青年の口許をよく見れば、手の中に納まるほどの小さな機械を持っている。

それは、信じられないほど小型の導力器だった。

彼が声を発する度に、機械に埋め込まれた爪の先よりも小さな結晶――七耀石《セプチウム》がチカチカと瞬いた。結晶が声を導力波に変換しているのだ。喋り終わると、今度は隣の結晶が瞬く。それに応じるように導力器から声が漏れてきた。

風に雲が流れていく。

眼下には、リベール王国の山並みが見えていた。

ボースからロレントへと至る空の道からは北部山岳の雄大な眺めが見渡せたが、青年は景色には関心がないようで、ちらりとも視線を送らない。

「……うん、そう。彼には会えなかった。まあでも収穫はあったよ。料理も酒も美味かったし、美人ともお知り合いになれたし、可愛い子ともお近づきになれたし。リベールには珍しい、黒髪の……ね。おっと焼かないでくれよ」

返ってきた返事は激しいものだったようで、金髪の青年は思わず機械から耳を離した。

「うん……うん……判ってるってば。そんなにおっかない声で怒鳴らなくてもいいだろう。ボクの繊細な耳が壊れてしまうよ。ああ、ボースから今はロレントに行くところさ。そっちもくれぐれも用心しておくれ。宰相殿に気づかれるな。また連絡するよ……親友」

そう言ってから青年は七耀石を指でなぞった。

かちり、と駆動終了を知らせる小さな音が鳴る。

「フフ……相変わらず、からかいがいのある男だな。可愛いねぇ」

「ふうん。携帯用の小型通信器とは、洒落たものを持ってるじゃないの」

掛けられた声に、青年は思わずぎくりと身をすくめた。

ゆっくりと顔を向けると、甲板から船室へと至る扉の影から、銀髪の美女が姿を現した。

「シェ、シェラ君……」

「ツァイスの中央工房ですら実用化できていないシロモノを持っているなんて、侮れないわね、オリビエ・レンハイム。いえ、……帝国の諜報部員さん」

「ああ……、やっぱり気づいていたんだね。さすが、《銀閃》のシェラザード……だから、ボクと飛行船に乗ったのかな？」

オリビエとシェラザードは、エステルたちと別れてロレントへと戻る飛行船に二人一緒に乗ったのだ。エステルは、ずいぶんお互いが気に入ったのね、などと妙な勘違いをしていたようだが……。

「そうね。道化ゴッコはもうお終い。洗いざらい話してくれれば痛くはしないわよ？」

愛用の得物をちらつかせつつシェラザードが言った。

「話せと言われてもねぇ……」

オリビエは肩をすくめると、苦笑いを浮かべた。

「ボクは道化ゴッコを演じていたつもりはないんだ。この性格はいわば地でね。ただ、都合が良いので隠してないだけさ。みんな油断してくれるし」

今度はシェラザードが肩をすくめた。

「それを信じろと？」

「まあ、ご自由に。あと、もうひとつ訂正がある」

「……？」

「これだよ。この導力器《オーブメント》は帝国製ってわけじゃない。帝国領土内で出土した古代遺物《アーティファクト》なんだ」

「古代遺物《アーティファクト》……」

七耀教会が管理しているはずの聖遺物を個人所有しているのだと言い張った。

「忙しい身には何かと重宝するのだよ」

「あんた……いったい」

「何者なのか、って訊きたそうだね。残念ながら、それには今はまだ答えられない。立場としては確かに帝国の諜報員のようなものだ。けれど、ボクがリベールに来たのは、工作を仕掛けたり、極秘情報を盗むためじゃない。人に会いに来ただけなんだ」

「人に……？」

「そう。君もよく知っている人物にね。その男は《剣聖》と呼ばれている」

シェラザードの顔色が変わった。

「ということは……」

「そうさ。剣士にして軍師。大陸に五人といない《S級》の称号をもつ遊撃士。ボクが会いに来たのは——《剣聖》カシウス・ブライトだよ」

まさか、行方不明になっているとは思わなかったけどね。

風が浚ったその言葉を、シェラザードは辛うじて聞き取った。

2章　白き花のマドリガル

第八幕 《重剣》のアガット

峠の坂を登りきると、目の前に四角ばった無骨な外見の建物が姿を現した。

街道を塞ぐようにして建っている曲線を排した実用一点張りのそれは、灰色の石を積み上げて造られたボースとルーアンとを分かつ関所だった。

「あれを越えたらルーアンだよ。今夜はあそこに一泊することになりそうだね」

「ねえ、ヨシュア。日も落ちてないし、一気に山を越えて麓の宿屋に泊ったほうがよくない？」

エステルは空を見上げながら言った。

まだ空には青さが残っている。

「途中で日が暮れたらどうするのさ。夜の峠越えは危険だよ。魔獣に襲われて闇雲に逃げて崖から落ちる可能性だってあるし」

「そ、それは確かにイヤかも」

エステルとヨシュアは関所の門番をしている兵士に声を掛けた。自分たちの名を告げながら、徒歩で旅をしているのだと伝える。

「ほう、歩いて王国を周ろうって？」

「うん、修業も兼ねてね」

「その心意気が気に入った！　若いうちはそうでなくちゃいけねえよ」

「えへへ、それほどでもー」

「ただ、さすがにこの山を越す前に夜になってしまいそうですから……」

泊めてくれないか、と二人は持ちかけるつもりだったのだが、エステルたちが言うよりも先に、衛兵のほうが言い出してくれる。

「ああ、なるほどな。いいよ、ここには旅人用の宿泊施設があるから、泊ってけ」

「やった！」

「助かります」

エステルたちは目の前の建物へと入った。中の奥まった一室に、兵士たちの部屋とは別に、旅人たちのために用意された寝室があった。

ベッドは四つ。どうやら四人までは泊れるようだ。

部屋の奥には暖炉があって、ヨシュアがすぐに薪をくべて火を熾した。山の上とあって、日が落ちればあっという間に冷えてくる。すでに肌寒いほどだった。

「あったかぁい……」

「導力を利用した暖房器も出回り始めたけど、薪を使った暖炉に温かさではまだまだ敵わないかな」

「炎って、見てると落ち着くよねぇ」

「安全に燃えていてくれる限りはね……」

ヨシュアが妙にしみじみと言った。

ノックの音がした。

扉が開き、兵士のひとりが「嬢ちゃんたち、夕食はどうする？」と尋ねてきた。兵士たちも食事の時間らしい。

「一緒に食べていいの？」

「おう。軍隊のメシでよければな！」

「ぜんぜん気にしないから！」

んじゃ、できたら呼ぶぜ、と言って兵士は顔を引っ込めた。

「ひとりひとりの軍人さんは良い人なんだよねぇ」

「それも、リベールならではだと思うけど」

「えっ？」

「なんでもないよ。さあ、今のうちに荷物を整理しておこう」

「う、うん」

ヨシュアの言葉が気になったものの、エステルは背負い袋の点検をすることにした。

携行食糧に水筒、野営のときに火種とするための固形燃料。発火装置は、摩擦を利用した簡単な仕掛けだ。遊撃士の《導力器《オーブメント》》を起動させて火の魔法《アーツ》を使用することはもちろんできるけれど、焚火に火を点けるためには大げさすぎる。

このあたりは命に直結するものたちだから常に残り数を確認しておく必要があった。ナイフとスプーン。銅製のカップ。野外で調理をするために使うものたち。フォークはない。できるだけ荷物は減らす必要があったし、いざとなればナイフで代用できる。ロープやクサビ、小型のハンマーなどは、遺跡探索用のセットだ。

衣服の替えも少しだけれど持ってきている。

街で交渉などをこなすときのためには、さすがにそれなりの格好をしていないとまずい。あまりないことだとは思うけれど、ボースのときみたいに名士と会う可能性だってある。

だが旅の空の下では、やはり衣服は二の次になってしまう。

それでも飛行船による輸送が始まってから、この手の苦労は減ったのだ。いらないものは箱に詰めて故郷に送ってしまえばいい。必要になれば街ごとに買い直せる。ミラさえあれば。

「でも、あんまり汚い恰好をしていると、ホテルに泊めてもらえなくなったりして」

ふとつぶやいた言葉にヨシュアが反応した。

「高級ホテルだとありうるかもね。そういう店では、立派な服を着ていないと入れてくれないこともあるって言うし。でも……気にしなくていいと思うけど」

そう言ってから、ヨシュアはちらりとエステルを見て、

「気にしなくていいと思うよ」

繰り返した。

「どーいう意味よ！」

「何も言ってないけど？」

「どうせ、あたしは高い服なんてそもそも似合わないわよ！」

「だから何も言ってないってば」

「おうい。メシができたぜ！」

割って入った声に、エステルとヨシュアは思わず顔を見合わせる。

「今、行きまーす！」

声を返しておいてから、慌てて荷物を詰め直す。ヨシュアとともに廊下に出て、待っていてくれた兵士と食堂へ向かった。

軍隊の料理だと謙遜していたが、食事は充分美味しくて、食べ終わる頃にはエステルはヨシュアに突っかかっていたことなど忘れてしまった。

泊り部屋に戻って寛いでいたら、ノックの音がして、この関所の副長をしているという男が顔を覗かせた。

もうひとり客が来た、相部屋でいいかと尋ねてくる。

「もちろん！」

応えてから、エステルは気づいた。すでに日は落ちて外は真っ暗になっている。ヨシュアもほぼ同時に気づいたらしい。

「こんな夜中に客ですか……」

「嬢ちゃんたちの同業者だよ」

そう言って顔を引っ込める。

入れ替わるように扉が開いて、その男が入ってきた。

「フン……。オッサンのガキどもだったか」

「あ、あんた……」

「《重剣》のアガット……」

むっつりしたまま空いたベッドを見つけると、背負った巨大な剣を壁に立てかけてから、荷物をどかっと床に放り出した。

「あんた、メシは？」

「食った。寝床だけ貸してくれればいい」

そう副長に言い返すと、ごろりとベッドに横になる。腕を頭の後ろで組んで目を瞑った。

副長が苦笑を浮かべながらも、じゃあ、仲良く頼むぜと言いおいて去っていった。

「ちょ、ちょっとあんた」

無愛想にもほどがある。

だが、エステルが文句を言う前に、アガットのほうが口を開いた。

「おい、シェラザードはどうした？」

「シェラさんはロレントに帰りました。今は僕たち二人だけです」

ヨシュアが答えた。

「正遊撃士を目指して王国内を周ろうと思っているの。修業を兼ねて自分の脚だけで旅しているってわけ」

「呑気なガキどもだな」

そっけなく言われて、エステルはかちんと来た。

「ちょ、ちょっと待って、それはまずい」

問答無用で背負い袋を今にも投げつけようとしていたエステルをヨシュアが止める。

「あの……アガットさん……」

「おまえら……自分たちが一人前だなんて勘違いしているんじゃねえぞ」

アガットが目を閉じたまま言った。

「ど、どういう意味よ！」

「ルグラン爺さんから聞いたぜ。だが、空賊逮捕くらいでいい気になるなって言っているんだよ。おまえたち、その事件をシェラザードの手を借りずに解決できたか？」

「そ、それは……」

「確かに難しかったと思います」

「だろうな。それを忘れて浮かれんなってのさ」

「う、浮かれてなんて……。あんたの方こそ、こんな時間に峠越えなんてしちゃってるくせに！　途中で日が暮れたらどうするつもりだったのよ。夜の峠越えは危険なのよ。魔獣に襲われて闇雲に逃げたら崖から落ちた、なんて可能性だってあるんだから！」

エステルは一気にまくしたてた。

半分以上はヨシュアからの受け売りだったが、それはそれでこれはこれだ。

「アホ、鍛え方が違うんだよ。物見遊山と一緒にすんな。こんな時間にココにいることになったのも仕事だ」

「仕事？　遊撃士のですか？」

ヨシュアが聞きとがめた。

「ああ、お前らのオヤジに強引に押しつけられた……」

「え……？」

「父さんが押しつけた？」

耳を疑う言葉に、一瞬エステルとヨシュアは言葉を失い――。

「明日は早いし、寝かせてもらうぜ」

そのまま壁に向かって身体を横にすると布団を引き寄せた。

「ちょ、ちょっと……まさか、父さんと会ったの？　ねえ、あの極道オヤジってば、いったいどこにいて何をしてるのよ！」

「そこまで言いかけて黙ると、故意だとしか思えませんよ……？」

ヨシュアが言ったが、アガットはわざとらしい寝息を立てるばかりで、振り返りもしなかった。どうあっても、それ以上はしゃべるつもりはない――ということらしい。

エステルはため息をついた。

（気になるじゃないのよ……）

ハイジャックから逃れたことまでは判っていたが、エステルの父の行方はいまだに杳としてしれないのだ。

どこにいるのか。

なぜ連絡をしてくれないのか。

何も判っていない……。だからこそ何か知ってそうなアガットを問い質したい。

だが、どうにもならないようだ。わざとらしかった寝息は静かなものへと変わり、どうやらアガットは本当に寝てしまったらしい。

「うー。むしゃくしゃする！　あ、せめて、顔にラクガキくらいしてもいいよね。安眠できると思うんだけど。主にあたしたちが」

「止めなさいってば……」

仕方なくエステルとヨシュアも休むことにした。

その数時間後、関所を魔獣の群れが襲った。

† † †

アガット・クロスナーは、目を覚ますやいなや、立てかけてあった剣をつかんだ。

眠気はとうに覚めている。

静寂を破ったのは、頭に突き刺さるように響く甲高い笛の音だった。

高音部で貼りつくように鳴りつづける高い音は、関所で寝ていた男たち女たちを残らず起こしてしまうほどで、それは危急を知らせる合図なのだ。

「な、なに⁉　なんなの⁉」

「何かあったみたいだね」

カシウスの子どもたちが付いてきたそうな瞳を向けてきたが、アガットは無視した。

遊撃士に成りたてのひよっ子なんかは役に立たない、と思ったのだ。

思いたかった——というのが本音かもしれない。

「おまえたちは寝てろ！」

言いおいて、アガットは部屋を出た。

廊下を駆けつつ、周囲の様子を窺う。関所の建物は、街道を塞ぐように建てられた細長い造りで、出入り口は、ボース側とルーアン側にそれぞれひとつずつ存在する。

笛の音はボース側から聞こえてきた。

関所に駐留している兵士たちが、それぞれの持ち場に着くために走っていた。

笛の鳴った現場へと走っている兵士は四人。見張りは二人いたはずだから、計六人。ひとまずそれで片がつく——と指揮官は判断したのだろう。

国境の関所でもない限りは兵士の数もさほど多くはない。

共に並んで駆けた。

ボース側の街道へと続く扉を開ける。

闇が濃い。

どうやら、月は雲に隠れているようだ。それとも地平線の下にすでに沈んでしまったか……。

扉の左右には導力灯が輝いている。

明かりの前で、兵士が二人、松明を握っていた。燃える炎の先端を闇に向かって突きだすようにして構えている。明かりがあるにも関わらず、わざわざ松明を使うということは……相手は人間ではなさそうだ。

扉の前には半円状に広がる空き地があって、その先に街道が続いている。左右は森になっていた。

アガットと並走してきた部隊の隊長らしき男が叫ぶ。

「報告せよ！」

「狼どもです！」

　松明を振って、闇の一角を指し示した。

　隊長とともにアガットも闇に眼を凝らす。やや右手の、森の木々が密になっているあたり。

導力灯の明かりを返して、炯炯と光る眼がいくつも見えた。

「魔獣どもめ……」

　隊長が吐き捨てるように言った。

　光る瞳の数から推し量ると、六匹ほどはいる……。

　ばたん、と背中の扉が開いた。

　荒い息とともに声が聞こえてくる。

「加勢するわ！」

　振り返ると、案の定、カシウスの子どもたちだった。

「コラ、やめとけ」

「な、なんでよ！」

　アガットに向かって突っかかってくる。威勢のいいことだ。

「こいつらに任せとけって言ってるんだ」

「彼の言う通りだ。これは我々の仕事さ！」

隊長が言って、腰の剣を抜き、目の前に掲げて叫ぶ。

「隊列を組め！　迎え撃つぞ！」

部下たちが隊長を中心とする扇の陣形をとる。

得物を構えた。

アガットの見たところ、練度は充分だ。構えから推し量れる腕前も悪くない。どうやら、こいつらだけで片付きそうだな、とアガットが安心した瞬間だった。

笛の音がもうひとつ聞こえてきたのだ。

建物の反対側――ルーアン側から。

「ちぃッ！」

アガットは踵を返して扉から建物の内へと戻る。

兵士たちが狼たちと戦い始めるのと同時だった。彼らの加勢は期待できない。残るは関所の中の予備の兵士たちと、ルーアン側の見張りだけだが……。振り返ると、戦っていたはずのひとりが戦列を抜けてアガットの後ろを走っている。伝令か。

部屋のひとつに飛び込むと、何か叫んだ。新たな指示を仰ぐために報告したのだろう。

その間に、アガットは反対側の扉へと辿りついていた。指揮系統に縛られないから、場合によっては兵士たちよりも素早く動けるのが遊撃士の利点である。

扉を開けて外を見る。地面に倒れた見張りの兵士の姿が目に入った。気を失っているのか目を閉じたままだ。もうひとりの見張りは、剣を抜いて戦っていた。

「こっちも狼どもか……」

ウルルル……。

低く唸りながら闇の奥から足を踏み出してきた狼の一匹が、脚をためて今にも飛びかかってきそうな体勢を取っている。狙っている相手は——倒れているほうの兵士だ。

ばねのようにたわんだ脚を一気に伸ばして狼が動いた。

「させるかぁぁぁぁぁぁあ！」

アガットは背負った剣を留め金からはずすと前へと跳んだ。

倒れた兵士を庇うように割って入り、剣を振る。

あたった。

手に、魔獣の重みがかかる。

気にせず、一気に剣を振り切った。

肉を断つ感触が手に返ってくる。闇の中。黒く濁って見える血を撒き散らしながら、狼は鈍い音を立てて地面に転がった。

「ようし、まずは一匹……」

目をすがめながら、闇へと向き直る。

「さあ、次に俺の獲物になりたい奴はどいつだ？」

影の中から、残りの狼たちが姿を見せる。

八匹だ。先ほどからずっと見張りの兵士と戦っているやつもいるから、ぜんぶで九匹か。ボース側よりも多い。

「チッ……。ずいぶんと盛大な出迎えじゃねえか。しかも……」

じりじりと円を描くようにしてアガットを囲んでくる。

「いくらか知恵が働くようだな」

まるで訓練された兵士のような動きをする……。

一対八。

ぎりぎりか、とアガットが思ったときだ。

「加勢するわよっ！」

声とともにアガットの脇にすべりこんでくる影がひとつ。

誰かは問うまでもない。声で判った。

「引っ込んでろ！」

「邪魔にならないように手伝わせてもらいますから」

もうひとりが、小癪なことを言って、反対側に立った。

エステルとヨシュア——といったか。カシウスの子どもたちだ。

「馬鹿やろう、そんなこと言って——」

怒鳴っている場合ではない。斜め前にいた狼の一匹が突っ込んできた。

エステルに向かってだ。

いちばん弱い奴から狙う、というのが荒野の獣たちの習性だからだろう。誰に教えられなくとも、女と子どもから狙ってくるものなのだ。

「くそっ、言わんこっちゃ――」

エステルを庇おうとするが、狼はアガットが動く前に飛びかかった。だが――。

「なんだと!?」

アガットは目を瞠った。

襲い掛かってきた狼を、エステルは身体を捻る動きだけで避けると、自らの回転の勢いをそのまま利用して、持っていた長い棒――棍――の先端を狼の脇腹へと叩き込んだ。

ギャンッ、と狼が悲鳴をあげる。

いったん後ろに逃げようとした。

その身体に青い水の塊がぶつかって弾ける。

《アクアブリード》！

魔法《アーツ》だ。

誰がやった!?

驚いて視線を左右に走らせるアガットの目に、倒れた狼に短剣の先を向けているヨシュアの姿が映る――こいつか！　魔法に身体の動作は必ずしも必要ではない。だが、多くの遊撃士たちは、魔法を掛ける相手に向かって剣や杖を突きだしたりする。そのほうが集中しやすいのだ。

見れば、ヨシュアの反対側の手は、自らの戦術オーブメントに添えたまま、すでに次の魔法の駆動に入っていた。指のなぞり上げる動きにしたがってクオーツが瞬く。

「エステル、次が来てるよ！」

「わかってる！」

エステルが短く応えて、棍を身体の前で水平に持つと、次の敵との間合いをとった。

この娘は、どうやら魔法に頼るより得物を振るうほうが得意なようだ。隙のない構えを見て、アガットは唸った。

見れば判る。

こいつら――意外とやりやがる。

確かに未熟な所も目につく。だが、さすがに姉弟だというだけあって息が合っていた。

一見、短剣持ちのヨシュアのほうが接近戦向きに思えるが、突っ込んでいくのはどうやら間合いの長い棒術使いのエステルのほうらしい。ヨシュアはそれを魔法で的確に援護している。

カシウス・ブライトの子、か。

「勝手にしやがれ。怪我しても知らねえぞ……俺の《重剣》でな！」

言って、アガットは目をつけていた狼たちの一匹に向かって走る。

ひときわ体格の良い狼がいるのだ。おそらく群れのボスだろう。狼たちの間に、統制した動きが見受けられるというのならば――まずはその頭をつぶす。

指揮官を叩くのは戦いの定石だ。

「うぉおおおりゃあああ！」

喉の奥から迸る叫びを狼たちに向かって浴びせかけた。

明かりを受けて輝く大剣が弧を描いて狼のボスへと躍りかかる。

《重剣》のアガットは、群れを率いる巨狼を一撃で倒してのけたのだった。

第九幕　マーシア孤児院

「挨拶もしないで発つなんて……。やっぱり失礼なヤツよね」

「まあまあ」

街道を歩きながらも怒り続けるエステルをヨシュアが宥める。

関所を抜け、エステルたちはずっと西に向かって歩いていた。二人はルーアン地方に入っている。

あの後――狼の群れに襲われ、それを撃退してから、仮眠を取って目覚めてみると、もうアガットの姿はなく、旅立った後だった。

別れの挨拶も置き手紙もいっさいなし。

共に戦った相手に対して驚くほど素っ気ない態度だと、エステルは思うのだが、ヨシュアのほうはあまり気にしていないようだった。

「でも、たいしたことなくてよかったよね」

「そうだね」

倒されていた見張りの兵士の怪我も些細なもので、やや負傷した者は出たものの、それだけで済んだ。

アガットのおかげだろう。《重剣》のアガットの名は伊達ではなく、改めてエステルたちは感心してしまった。ひとりで半数近くの狼を倒していたのだ。

戦いが終わった後、ちらりと兵士のひとりが気になることを言っていた。

今までこんなに大勢の狼たちが一度に攻めてきたことはない、と。関所の入り口に取り付けられている導力灯には魔獣を寄せつけない効果があって、今までは飢えに耐えかねて襲ってきても、二匹から多くて三匹というところだったそうである。

気にはなったが——そういうこともあるだろうさ、と言われると、そんな気もしてくる。

峠の道は山肌に巻きつくようにして緩く曲がりながら登っていた。

登りきると、いきなり視界が開けた。

青い水平線が目に飛び込んでくる。

「海だよ、ヨシュア！」

「はいはい。叫ばなくても聞こえているし、見えているってば」

エステルとヨシュアはとうとう大陸の西の端までやってきたのだ。

街道は、そのまま海岸沿いを南へと下っているようだった。つまり、しばらくはずっと右手に海が見えることになる。

「海って、小さい頃に定期船に乗ったときに、上からちらっと見たことあるだけなのよね。こうして見ると、ほんと広〜い！」

「僕も海は久しぶりだな……」

崖の下に打ち寄せる波の音が聞こえてくる。潮の香りがエステルたちの鼻腔をくすぐった。

それらは、淡水湖であるヴァレリア湖にはなかったものだ。

「ねえ、ヨシュア」

「ん？」

「歩いてきてよかったよね！」

「そうだね」

波の音を聞きながらエステルたちは海岸沿いを歩いた。

絶え間ない波音に耳が馴れてきた頃に、分かれ道へと行きあたる。

陸はそこから西へと突き出していて、細長い半島になっているようだ。地図によれば、右に進むと、半島の先に建てられたバレンヌ灯台へと行きあたる。左が、海岸沿いにルーアンへと向かう道だった。

エステルとヨシュアは灯台には寄らずに左に折れる。

昼少し前に目の前に小さな村が見えてきた。

「マノリア村だよ」

ヨシュアが教えてくれる。

街道沿いにある小さな宿場町らしい。手前に広がる野原には、可愛らしい白い花がたくさん咲いていた。

潮の香りに花の香りが混ざっている。

「甘い匂い……なんだかお腹が空いてきちゃった」

「あはは。まさに花より団子だね。そろそろ食事のできる処を探そうか」

村に入り、エステルたちは最初に目に着いた食事処に入る。

何かお勧めの食べものはないかと店主に尋ねてみた。

「そうだな。お弁当はどうだい？」

「お弁当？」

「町の外れに風車が建っているんだけどね。見晴らしのいい展望台になっているんだよ。観光に来たお客さんたちは、お弁当を買ってそこで食べることが多いのさ」

「へえ。なかなかいいかも」

「僕たちもそうしてみようか」

エステルとヨシュアは気に入った弁当を買って外で食べることにした。

「早く行こうよ！」

扉を開けて、ヨシュアを急かす。

「エステル、前！」

「へ？」

「きゃあ！」

耳元で声がした。

次の瞬間に誰かとぶつかってしまう。

「あうっ……。いたたた。って、ご、ごめんなさい！」

誰にぶつかったか判らないが、とりあえず謝らないといけない。エステルはお尻の痛いのを我慢して声を絞り出した。

「あ、はい、大丈夫です」と涼やかな声が返ってくる。

顔を向ければ、エステルと同じくらいの年頃の女の子だった。

ショートカットで目の大きな可愛い子だ。瞳の色が光の加減か紫色に見える。

どこかの学校の制服を着ている。青い色のブレザーに、ひだひだのスカート、胸元にはひらひらした白いリボンタイが付いていた。

（あれ？　この制服って、どこかで見たよね）

少し考えて、すぐに思い出した。

ジェニス王立学園だ。

腰から小型の剣を提げているのが制服にはやや不釣り合いだが、飾り剣のひとつも吊るしていないと物騒な世の中だからかもしれない。

「ご、ごめんね。痛くなかった？　ケガしてない？」

ふるふると少女は首を振った。ゆっくりと立ち上がると、優雅にスカートの裾を払う。

「まったく何をやってるのさ」

ヨシュアがやってくる。少女の持っていたらしき花束を拾って手渡した。

「ありがとうございます。私のほうも人を探していて、よそ見をしていたものですから……」

「ん？　人探し？」

「はい。十歳くらいの男の子です。たぶん帽子を被っていると思うんですけど……どこかで見かけませんでしたか？」

記憶をさらってみたが、村に入ってからはそのような男の子は見かけていない。

「見なかったと思う」

「そうですか……。どこに行っちゃったのかしら……」

心配そうな顔つきになっている。

もういちどエステルに謝ってから、少女はエステルたちの来た道とは逆を辿っていった。

† † †

「あの子……」

去ってゆく少女の背中を見送りつつ、ヨシュアが呟いた。

「なあに、ヨシュアってば。あ、もしかして、気になるの？」

「えっ、なに言ってるのさ」

「照れないでいーのよ。一目会ったその時から、っていうし。お姉さんにどんどん相談してくれていーんだから」

「……相談っていうのは経験豊富な人にするものだと思うけど？」

ヨシュアが肩をすくめてみせる。

「どーいう意味よ」

せっかく姉としての威厳を見せてやろうと思ったのに。頬を膨らませると、ヨシュアがやれやれと呆れた顔つきになった。

「昔の……知り合いにほんの少し似ていただけさ。それでちょっと驚いただけ」

ちょっと微妙な——辛いことを思い出したような顔つきをされてしまって、エステルは何か言わなければと思ってしまった。とっさに口をついて出てしまう。

「昔の知り合いに似ている……うん、口説き文句としては、三十点ね。って、なにホントに呆れたって顔してんのよ！」

「はあ。……それより、今の制服に見覚えなかった？」

ヨシュアが強引に話題を変えた。

エステルとしても何か墓穴を掘った気分だったので、変えた話題に乗っかる。

「あー。あれよね。ジェニス王立学園」

「まあ、ルーアン地方にある学園だから、このあたりで見かけても不思議はないけど」

「へえ……あれが本物なんだ。清楚で礼儀正しくて、頭も良さそうだったし、空賊のボクっ子とは大違いだわ」

「なに言っているんだか。最初に会ったときはすっかり騙されたくせに」

「うっ……」

「そういえば、あのときもエステルってば妙な勘違いしてたよね」

「ううっ」

「勘違いして、人をからかう暇があったら、遊撃士としてもっと観察力を磨いたほうがいいんじゃないかな。さもないと――」

「判った！　判ったから！　もうからかいません！」

ふっとヨシュアが笑みを浮かべる。

「よろしい。じゃ、お弁当にしようか。ほら、あそこに風車が見える」

ヨシュアが指さした。

見れば、村の南側が高台になっていて風車が回っている。鷹、だろうか。白い大きな鳥が一羽、くるくると風車の上で円を描いて飛んでいた。

村の外れに建つその風車は、いまだ現役で働いているようだ。

導力機関によってあらゆる機械が動くようになったとはいえ、風車や水車がなくなってしまったわけではない。小さな村では、今でも風車や水車を利用して粉を挽いたり、水を汲みあげている。

高台に登ると遠くの景色が一望できた。

「うわぁ、いい眺め！」

「海が見えるね」

目の前を遮るものがなく、崖の向こうに南に広がる海が見えた。

風車の袂には、展望台として利用できるようにだろう、ベンチが置かれていた。

ヨシュアと並んで腰掛ける。

「いっただきまーす！」

「いただきます」

包みをほどいて、エステルはさっそくお弁当に取り掛かった。

「このハム、美味しい！」

エステルのお弁当は、燻ったハムを挟んだサンドイッチだった。レタスのシャキシャキした歯ごたえに、香り高いハムの柔らかさがよく合っている。マスタードがわずかに隠し味として施されているようで、時々ぴりっと舌にくる。それがまたいい。

脇に座るヨシュアを見ると、彼のお弁当はパエリアのようだった。

さすがに海が近いだけあって、魚貝を豊富に利用している。大きめのムール貝が貝殻付きで中央にでんと乗っかっていた。その周りには、小さめのエビだの貝だのが散っている。

「サフランの良い香りがするな」

　添えられていた簡易の木製スプーンですくって、ヨシュアがパエリアを口に入れた。口の中で何度か噛んでから呑み込む。見ているだけで、美味しそう。

「そのスプーンって、サービス？」

「だと思うよ。まさか、返せとは言われないと思うけど……手作りみたいだし。ほら、ここがちょっと歪んでる」

「へえ。でも気が利いてるわねー」

「そうだね」

「でも、ホント、美味しそう。あたし、パエリアってちゃんと食べたことないのよね。ねえ、ヨシュア、一口ちょうだい」

「いいけど……交換しようか？」

「うーん。でも、ほんと一口でいいんだけど。ヨシュアが食べさせてよ」

　エステルとしては何気なく言った一言だった。

「食べさせてって……」

「ほらほら早く」

「それは……ちょっと」

ヨシュアがどうしたものかという表情で、手にしたスプーンと膝の上のランチボックスを交互に見ている。

「いいじゃない。誰も見てないんだし。そんなに恥ずかしがらなくても、子どもっぽいことしたからって笑われる心配はないってば！」

「そういう意味で恥ずかしいわけじゃないんだけどな。まったく……」

観念したのか。サフラン色のご飯にスプーンを突きたてて、ご飯と貝をいっしょにすくってくれる。貝殻はその前に外してくれた。

（わっ。いちばん大きい貝じゃん）

「いいの？」

「なにがさ？　ほら」

「ん……んぐ」

スプーンが口から出ていくと、エステルはムール貝といっしょにご飯を噛みしめる。

「んぐ……もぐ……んんん」

貝の身を噛むときのぷにっとした触感が歯に伝わってくる。身の中の熱い汁がじわっと口の中で広がった。出汁を染みこませた貝のうま味と、塩と胡椒と煮込んだ汁とでシンプルに味付けされたご飯が口の中で混ざる。

（美味しい～～～！）

初めてちゃんと食べたパエリアは、潮の香りがこれでもかと効いていて、エステルはこの料理が好きになった。

「んぐっんん。はあ。うーん。これぞ、海岸地方の代表料理よね。ますます食欲が～～～」

「はいはい。よかったね」

「なによ、その気のない相槌は。えーい。これでも食らえっ」

エステルは食べかけて半分になっていたサンドイッチをヨシュアの口の中に突っ込んだ。

「んぐ！　むぐ………はあ。美味しいけど、いきなり突っ込むのはやめて欲しいかな」

「ふっふっふ。お返しよ」

「それ、お返しの意味が違うよ……」

「んー。美味しかったーーーーーっ！」

紙で作られたランチボックスを畳んで、エステルは青空に向かって伸びをする。

風車の上でくるくると回っていた白い鳥がどこかに向かって飛んでいくところだった。

「ねえ。あれ、カモメじゃないよね」

エステルの見ていた鳥にヨシュアも気付いたようだ。

「そうだね。たぶん、鷹か鷲だと思うけど……珍しいね。白い鷹なんて」

お腹もいっぱいになったので、エステルたちはベンチから立ち上がった。もう少しゆっくり休みたいところだったけれど、夕方までにルーアンの街に辿りつこうと思うならば、この村をそろそろ出なければ間に合わない。

そうヨシュアと話しながら高台から坂を下りていった。

大通りへと戻ってきたところで、角から急に飛び出てきた人影とぶつかった。

「わっ！　あぶなっ！」

「うお。ご、ごめん、姉ちゃん！」

今日は人と良くぶつかる日だな、と頭の片隅で思いながら、エステルは、よろけた子どもを支える。つばの短い帽子を被った、やんちゃそうな男の子だった。赤毛の下の瞳がいたずらっぽい輝きを宿している。

「ん？　帽子？　………ねえ、キミ」

「な、なに？」

「さっき、制服を着たお姉さんが帽子を被った男の子を捜していたんだけど、キミ、何か心当たりある？」

「あー、それそれ。どこで会ったの？」

「そこのお店の前だけど。どこに行ったかまでは……探してあげようか？」

親切心で言ったつもりだったが、男の子は行き先に心当たりがあるからと言って、駆けだしていった。元気よく走りだす姿に、エステルは故郷のロレントにいた子どもたちを思い出してしまった。

（ルックとパット……どうしているかなー）

　琥珀の塔で救いだしてから会っていないけれど元気でいるだろうか。

　ふと気づくと、ヨシュアが難しい顔つきをして少年の背中を睨んでいた。それから顔をエステルのほうへと向ける。

「気のせいならいいんだけど……。エステル……何か失くしてない？」

「へ？」

　言われて戸惑ったが、ヨシュアの真剣な顔に、身体のあちこちを触って確かめてみる。

　真っ先に探ったのが財布だが、これはちゃんとポケットの中にあった。それから髪飾り、腰のベルトに通してある導力器《オーブメント》、それから……。

「んー。とくにこれと言って……」

　全部あるよ、と言いかけてから、はたと気づいた。

　胸元をさぐる――ない。

　視線を落として確認して、血の気がさあっと引いた。

「遊撃士の紋章が……」

　胸にピン留めされていた身分証代わりにもなる紋章がない。すっかり馴染んで、もはや付けていても意識にも昇らなくなっていたものだが、そういえば何か落ち着かない感じがしたのはこのせいか。

「やっぱりね……」

「……やっぱりって、えっ、どういう……まさか」

だが、そうとしか考えられない。

「ランチを食べているときまでは付いていたよ。それは僕が保証する」

ヨシュアが言った。

ということはやはり――すられた。

「子どもが持っていても意味のないものだから、イタズラ心だと思うけど……」

「イタズラ小僧、許すまじ！」

先ほどぶつかった男の子が、エステルの紋章を盗んでいったのだ！

† † †

《マーシア孤児院》――。

ルーアンへと向かう街道から、北へと折れた先にその建物はあった。

「どうやらここで間違いなさそうだね」

ヨシュアが言った。

エステルは細い道の先に立つ小さな家を見つめる。

石ではなく木で造られた二階建ての家だ。ひょっとしたら親子三人で暮らしているエステルの家よりも小さいかもしれない。

家の周りにはわずかな畑。小さな畑で、とても自給自足できるとは思えない……。

エステルの紋章を盗んだ少年は、ここに住んでいるらしかった。マノリアの村の人たちの何人かが帽子を被った少年に心当たりがあったのだ。子どもの名はクラム。《マーシア孤児院》で暮らしている孤児だ。イタズラっ子で知られていた。

孤児院に住んでいる大人は、院長であるテレサという女性だけで、あとはすべてエステルよりも年下の子どもだけらしい。それを聞いて、あれこれ考えてしまったエステルだが……。

「よし、決めた！　なんであれ、人の物を取るのは悪いこと。まずお仕置きをしっかりしてからよね！」

「お手柔らかにね」

細い道を辿ってゆくと、家の前の空き地で子どもたちが遊んでいるのが目に入る。

小さな男の子が二人、女の子がひとり。

帽子を被ったほうの男の子に、エステルは見覚えがあった。間違いない。あの子だ。

都合よくエステルたちに背を向けている。近づいて、いきなり声をかけた。

「こら！」

跳び上がらんばかりに驚いて、エステルのほうへと向きなおる。

「げっ！　おまえ……どうして……」

「ふふん。遊撃士を舐めないでよね」

「く、くそっ！」

脱兎のごとく逃げだした。

すかさずエステルも追いかける。

ハーブの生えた畑の手前で追いついた。首根っこをつかんで引き寄せて、男の子の頭を脇で抱えてぎりぎりと締めあげる。

「イテ！　イテ！　は、放せぇぇ！」

「だったら、あたしの紋章を返しなさいってーの！」

「オ、オイラが取ったっていう証拠はあんのかよ〜〜〜〜」

「なあにを生意気なこと言ってるかな。だったら、なんであたしの顔を見た瞬間に逃げだしてんのよ。逆さにして振り回してあげてもいいのよ！」

「ギャクタイ、はんたい！　いててて！」

「ほらほらほ――」

「ジーク！」

声がした次の瞬間だった。

大きな白い鳥が急降下してきて、エステルの頬をわずかに掠めたかと思うと、ふたたび空へと舞い上がった。

「わわっ!? な、何？」

空へと上昇した鳥はゆっくりと旋回してから降りてきて、孤児院の前に立っている少女の肩へと舞い降りる。彼女のスカートには、家の前で遊んでいたうちの残りの二人、男の子と女の子がしがみついていた。彼らが家の中から少女を呼んできたのだろう。

「その子から離れてください！ それ以上の乱暴は許しませ――あら？」

「あ、さっきの……」

白い鳥を肩に載せた少女は、ジェニス王立学園の制服を着ていた。マノリアの街で出会った少女だったのだ。帽子を被った男の子を探していた少女だ。

「クローゼ姉ちゃん、助けて！ オイラ、何もしてないのに、この姉ちゃんがいじめるんだ！」

「な、なに言ってんのよ。あたしの紋章、取ったでしょ～～～が！」

「証拠はあんのかよ～～～～！」

「うぬぬぬ」

男の子はクローゼと呼んだ少女の後ろに隠れると、エステルに向かって舌を出している。さすがに、さきほどみたいに首根っこをつかんで逆さにして振り回す、というわけにはいかないだろう。

（止められちゃうだろうし……ううん。どうしたら……）

パン、パンと手を打ち鳴らす音が聞こえた。

「何ですか、この騒ぎは？」

玄関の扉を開けて、年配の女性が顔を出した。

「あっ、テレサ先生」

どうやら孤児院の院長らしかった。彼女はその場にいた者の顔をひととおり見渡すと、大きくため息をついた。

「またクラムが何かしでかしたみたいですね」

「オ、オイラ別になにもやって……」

「嘘おっしゃい、あたしの紋章を取った——」

言い掛けたエステルを、ヨシュアが肩を叩いて止めた。宥めるような視線を向けてくる。

それからヨシュアは、テレサ院長へと顔を向けた。見ててごらん、という表情をしている。

テレサ院長がクラムに問いかけるところだった。

「本当にやっていないのですか？」

「うん、あたりまえじゃん！」

「女神さまにも誓えますか？」

「ち、誓えるよ！」

「そう……。では、さっきバッジみたいな物が子ども部屋に落ちていたけど……あなたの物じゃありませんね？」

「えっ。だってオイラ、ズボンのポケットにちゃんと――あ」

クラムが、しまった、という顔をした。

「やっぱり～！」

「まあ……クラム、あなた……」

クロ一ゼが呆れた顔になった。

「クラムおにぃちゃんってば～」

「ってば～」

年少組がクローゼをマネして声を揃えた。

「見事な誘導ですね」

ヨシュアが院長へと賛辞を贈る。

テレサ院長は静かな声でクラムを諭した。

「お返しなさい」

「くっ……わかったよ！」

紋章をエステルに向かって投げつけると、踵を返してクラムは逃げていった。

「クラム君！」

クローゼが呼びかけても振り返らない。街道のほうへと逃げていく。

「大丈夫。頭が冷えたら戻ってくるでしょう。それよりも、立ち話もなんですから、どうぞ中に入りませんか？　ちょうど午後のお茶の時間ですしね」

テレサ院長が言った。

（この院長先生ってば、すごい！）

穏やかな笑みを浮かべるテレサ院長を見ながらエステルは思った。

†

†

†

《マーシア孤児院》は、テレサ院長が独力で切り盛りしている孤児院だった。

住んでいるのは親を失った子どもたちばかり。やはりというか、畑からの収穫だけでは食べていくことはできず、それでもテレサ院長が趣味で始めたというハーブが好評で、マノリアの村の酒場などに買ってもらって、生計の足しにしているという。

エステルとヨシュアはテレサ院長が手ずから淹れてくれたハーブティーとアップルパイを御馳走になってしまった。クラムが迷惑を掛けたお詫びだというのだが、エステルとしては充分にお釣りがくるほど美味しかった。

「あの子もほんとにイタズラ好きで……悪気はないのですが……」

「あは。もういいですよ。ちゃんと紋章も戻ってきたし。アップルパイも美味しかったし」

「ありがとうございます。そのアップルパイはクローゼが作ってくれたんですよ。クローゼは料理が上手なんです」

小さな部屋の中の、これだけは大きなテーブル（子どもたちが全員で食卓を囲めるようにだろう）の隣に腰掛けていたクローゼが、テレサ院長に褒められて照れていた。

「ホント、美味しかったもん！」

「そうだね」

「そんな……。あの、私のほうこそ、すごく勘違いしてしまって、失礼なことを……」

「もういいってば。でも、あの鷹には驚いちゃったけどね」

「あ、ジークのことですね。あの子はシロハヤブサなんです」

クローゼが言って、ヨシュアがなるほどと頷いた。

「隼だったのか……。白い隼というとリベール王国の国鳥だね。よく訓練されているみたいだけど、君のペットなの？」

「いえ、私が飼っているわけじゃなくて……。お友達なんです」

「白い隼か」

ヨシュアがもういちど繰り返した。何か考えているようだが、エステルには判らない。まあ、ヨシュアがあれこれ考え事をするのはいつものことだ。

「は～、でも、すごいお友達もいたもんね」

エステルは素直に感心した。さらりと隼を友達と呼ぶクローゼにも好感が持てる。ふたたび照れた顔をする少女を見て、そういえば、とエステルは思い出した。

「その制服……ジェニス王立学園のものなんでしょ。学園って、ここから近いの?」

「そう、ですね。ええと、ルーアンに向かう途中で街道を左に折れた先にあります。ここからだと、ルーアンの街に行くのと同じくらいの距離でしょうか。近いので、よく遊びに来てしまうんです」

クローゼの話を聞いて、エステルは頭の中で地図を広げた。

西の海岸からマノリアの村はやや東にあるが、海もそのあたりで東に食い込んできていたから、海岸沿いに歩くことができた。そこから大陸は南へと伸びていて、海沿いに歩けば、ルーアンの街だった。

ということは、学園はちょっと内陸に入ったところにあるわけだ。

「あなたが遊びに来てくれるから、子どもたちは大喜びですよ」

「テレサ先生……」

「でも、こちらに構いすぎて学園生活をおろそかにしないようにね」

「はい」

クローゼは素直に頷いた。性格も、とっても良さそうだ。

エステルはふと思う。

「学園生活かぁ。そういうのも一度は体験してみたかったわね」

「教会の日曜学校は週に一度しかなかったからね。ただ、王立学園の入学試験はかなり難しいっていう話だけど？」

ヨシュアに言われて、エステルは頭を抱えた。

「そ、そうか〜。あたしには逆立ちしても無理かも」

そう零したら、クローゼは遊撃士になるほうが遥かに難しいなんて言うのだった。

「私のほうこそ憧れちゃいます」

「えへへ。なんだかくすぐったいわね。まあ、まだ見習いみたいなもんだし」

長居をしてはルーアンの街に辿りつけなくなるからと、お茶をもう一杯お代わりしたところで旅立つことになった。

家の出口まで、子どもたちが見送ってくれる。エステルが手を振ると、振り返してくれた。残念ながらクラムという名のあの子はいなかった。

クローゼと共に外に出る。空の上から「ピューイ！」と甲高い声が降ってきた。白い隼が優雅に翼を広げて降りてきて、クローゼの腕に止まった。

「ジーク。待っていてくれたの？」

「ピュイ！」

「そう。このひとたちは敵ではないの。エステルさんとヨシュアさん。覚えてあげてね」

「ピューイ！」

　ひと声鳴くと、ふたたび空へと舞い上がった。

「すごい。まさか、あの子と喋れるの⁉」

「さすがにそこまでは……。でも、なんとなく何が言いたいのかは判るんです。気持ちが通じ合っているみたいな感じで。錯覚でなければ、ですけど」

「ほえぇ」

　エステルにはそれでも充分驚きだ。

「そういえば、エステルさんたちはルーアンの街に行かれるんですよね？」

「うん。あたしたち見習いは、支部で転属手続きをしないと仕事できないから」

「遊撃士協会の支部は、何度か訪れたことがあります」

「行ったことがあるの？」

「はい。学園の近くに魔獣が出たことがあって、その退治を先生の代理で頼みに。よかったら案内しましょうか？」

　クローゼの申し出はすごくありがたかった。ルーアン地方を訪れるのは、エステルもヨシュアも初めてなのだ。

　孤児院からの小道を辿って街道へと戻る。

　ルーアンに向かって歩き出そうとしたところで、木陰から声が掛かった。

† † †

「クローゼ姉ちゃん」

　大きな木の後ろから掛かった声に、エステルたちは全員が顔を向ける。

「まあ、クラム君」

「あ、イタズラ小僧！」

　木の陰から現れたのは、エステルから紋章を奪い取っていった男の子――クラムだった。

「姉ちゃん……ゴメン」

「ふふ。もう怒ってないから安心して。でも、ひとりでこんな処で遊んじゃだめよ。魔獣に襲われたらどうするの?」

「……オイラ」

　何か言いたそうにしているクラムを見て、クローゼが小さく頷いた。肩をぽんと叩くと、彼の身体をエステルに向かって押し出してくる。

「ほら」

「う……」

「せっかく、ここまで来たんでしょ。勇気を出して」

「あ……う。わ、悪かったよ！」

ぶっきらぼうに言って、エステルに向かって頭を下げた。

（あ……そういうことか）

謝るために、クラムは待っていたのだ。

「ま、まあ。うん、素直なとこ、あるじゃないの」

「う、うるさいな。オイラみたいな子どもに簡単に大事なものを取られちゃったくせに。ホントに、ねーちゃん遊撃士かよ！」

「うぐっ」

「へん、だ。あばよ！」

言い捨てて、クラムは孤児院のほうへと走り去っていった。

「あああ、あいつー！　や、やっぱり可愛くない！」

「まあまあ。あれは照れ隠しだってば」

怒るエステルを、ヨシュアが宥める。そんなエステルたちを黙って見ていたクローゼがうらやましいとぽつりと言った。

「苗字が同じブライトということは、お二人は兄妹なんですよね」

「そうよ。あたしが姉でヨシュアが弟」

「一年も違わないくせに」

「どんなに間が短かろうと姉は姉だもん！　家に来たのはヨシュアのほうが後なんだから、弟なの！」

何気なく言った言葉にクローゼが目を見開いた。

「家に来た……？」

「ああ。僕は父さんに拾われたんだ。だから弟」

「あ……そういう……」

クローゼがすまなそうな顔をした。

「気にしないでいいわよ。もうずっと一緒だから、あたしもホントの弟だと思っているし。ヨシュアだってそうでしょ」

「……まあね」

そのときヨシュアは一瞬だけ言葉を詰まらせたのだが、エステルは気づかなかった。

「だよね！」

「仲がよさそうで羨ましいです」

「でも、役割を考えると、姉弟というより、兄と妹という気もするけど」

「ヨシュアってば！」

「ふふ。本当に仲良し。私はひとりっ子でしたから。だから、あそこの雰囲気に憧れてしまうんですけど……」

そう言って、クローゼは孤児院のほうを振り返った。

それからエステルたちに視線を戻して、「では、行きましょう」と言った。そのときには、ちょっとだけ見せた寂しげな顔はもうなくて……。

エステルたちは海岸沿いを東へと歩いた。

途中に確かに分かれ道があった。

「学園はここを左に行くんです」

「ねえ。なんだったら、ここまででもいいよ？　だって、帰るのが遅くなっちゃう」

「お気遣いありがとうございます。でも、大丈夫です。今日いっぱい外出許可を貰っていますから。ルーアンに寄ってからで充分に間に合います」

確かにそこからルーアンまでは近かった。西の空に傾いた太陽も、地平線までの距離をまだ充分に残していた。

街並が見えてきたところで、エステルは思わず声を上げてしまう。

「うわぁ、キレイ……真っ白！」

「確かにね。ルーアンを指して、『砂浜に落ちた貝殻』と綴った詩人もいるらしいよ」

「ほんと、そんな感じ」

ルーアンの街の印象は「白」だ。

見えている建物の煉瓦も石畳も白くて、日差しを受けて輝いている。少し視線を右手に振れば、遥か彼方までつづく青い海が目に入った。海の青と街の白の対比がまた美しい。まるで絵に描いたような風景だ。

「ルーアンの二つ名は、『海港都市』だからね」

「海と港の街かあ。うん。ぴったりだね！」

白い石畳へと変わった街道を進むと、街の城壁と門が見えてくる。

門を越えて街へと入った。

「遊撃士協会の支部は、このまままっすぐに道を歩いて、小さな橋を渡った処で左に曲がります。そこまでは御一緒しますから」

「ありがとう！」

もう少しでクローゼとの旅もおしまいかと思うと、エステルはちょっとだけ寂しいものを感じてしまう。旅に出てから——いや、故郷のロレントから考えても、エステルの周りにはあまり同世代の女の子がいなかった。

（いい子だし。礼儀正しいし）

さすがは名門校のお嬢様だ。そのくせ、偉ぶらない。大きな白い隼と友だちだったりと、なんだか不思議な所も多かった。

エステルたち三人は小さな橋を渡ってから、右手に大きなホテルがある処を左へと曲がる。通りの左手に見覚えのある看板——楯に手甲を重ねた意匠が見えた。遊撃士協会の支部だ。

扉を開けて、なかへと声を掛ける。

受付には誰もいなかった。依頼を貼りつけた掲示板があって、前にいた女性が振り返った。

「何か用かな？　ジャンは二階で客と打ち合わせ中なんだ。話なら、あたしが代わりに聞くけど？」

カルナと名乗ったその女性は、赤いバンダナを額に締めた背の高い遊撃士だった。長い髪を頭の後ろの高い所で絞って馬の尻尾のように垂らしている。格好いいお姉さん、という感じのひとだ。

「……ん？　その紋章は……。なんだ同業者か」

「うん。準だけど。あたしはエステル」

「同じく準遊撃士のヨシュアです」

「エステルとヨシュア？　ああ、そうかあんたたちが……」

「あたしたちのこと、知ってるの？」

「すごい。エステルさんたち、有名なんですね」

後ろで見守ってくれていたクローゼが言った。

「ま、まさか！　有名だなんて……」

「おや？　そっちの子は？　遊撃士じゃないようだが」

「クローゼさんは、僕たちをここまで案内してくれたんです」

如才なくヨシュアがクローゼを紹介する。エステルたちがカルナに頭を下げると、クローゼもぺこりと頭を下げた。

「ああ、なるほど。でも、あんたたちが有名なのは本当だよ。ロレントから来たエステルとヨシュアの新人コンビがボースで大活躍した……ってね」

「あ、あははは。そんなぁ」

エステルとしては大活躍なんて言われると照れてしまう。

（っと、いけない、いけない！）

頭をよぎったのは、アガットの「浮かれるな」という台詞だった。こういうときに喜びすぎるなと諭していたのだろう。

「あの……時間が掛かるようなら、少し街を見てきていいですか？」

ヨシュアが言った。

「そうだね。転属手続きとなると、ジャンがやらないと駄目だし。日が暮れる前に戻ればいいよ。時間をつぶしておいで」

「判りました」

「それなら、もう少しだけ、私が案内します。見せたいものがあるんです」

「いいの⁉　ありがと、クローゼ！」

「決まりだね。じゃ早速行こうか」

†　†　†

リベール王国の中央に、ヴァレリア湖と呼ばれる巨大な湖がある。

ヴァレリア湖から西の海へと向かって流れるのがルビーヌ川で、ルーアンの街で海へと注ぎ込んでいた。

ルーアンは、ルビーヌ川の河口に発達した街だった。白い煉瓦の街並が川によって北と南に分かれていた。個々に発達した北と南の街は、過去に遡れば色々と諍いもあったらしいが、今はルーアンの街としてひとつにまとまっている。

まとまるきっかけとなったのが――。

「うわあ、おっきい……。これがクローゼの見せたかったものなの？」

エステルは思わず声をあげていた。

「はい。《ラングランド大橋》です」

「すごいな……。向こうまで百アージュはありそうだ」

ヨシュアが感嘆する。

エステルたちの前には、左から右へと向かってルビーヌ川が流れていて、巨大な石造りの橋がその川を越えて向こう岸へと架かっていた。

足下からまっすぐに川向こうへと伸びる幅広のその橋は、遠くに向かうにつれて細くなり、人が豆粒ほどになったあたりで終わっている。幅は六アージュあまり、長さが百アージュは越えそうなほどで、ひっきりなしに人や荷車が通っていた。

「この橋が四十年前に作られて、街は大きく変わったんです。それまでは南と北は渡し船を使って行き来するしかなかったんですよ」

クローゼが言った。

その言葉に素直に頷いていたエステルだが、ふと疑問が浮かぶ。

「ん？　でも、いくら大きいから造るのが大変っていっても、単なる橋を架けるだけなら、もっと昔でもできたような気も……」

「橋を造っちゃいけなかったんです。王都からもそう命じられていましたし」

「へ？　なんで……」

「船が通れなくなるからだと思うよ」

ヨシュアの言葉にクローゼが頷く。

「はい。このルビーヌ川は、海と王都とを結びつける唯一の川でしたから」

「今は飛行船があるけど、当事の輸送の中心は海上輸送船だったからね。ここに橋を架けちゃうと、川を遡って王都に荷が運べなくなる」

「なるほど……それで橋はダメだったのね」

「ただ、飛行船があるっていっても、今でも他国との貿易は船がけっこう使われているよね？

　この川を遡る船もまだまだあるはず。ということは……」

「ちょ、ちょっと待って。どんどん話を進めないでよっ」

　先走るヨシュアの解説にエステルの頭が追い付いていかない。必死に思考を巡らせた。

（ヨシュアってば、いつだって自分だけで先に判っちゃうんだから！　ええと……）

　橋があると船の航行の邪魔になることは理解できた。大きな輸送船が川を遡るとき、橋があると、ぶつかって通れなくなるからだ。

　でも、ヨシュアは「今でもまだ船は使われている」と言ったわけで……。

（あれれ？）

　エステルは矛盾に気づいた。

（この橋があるのに、どうやって貨物船は川を遡っていけるんだろ？）

　そこまで思考を進めたところで、クローゼが種明かしをしてくれる。

「《ラングランド大橋》は、『跳ね橋』なんです」

「跳ね橋……って、あれだよね。橋が上に持ちあがってしまうってやつ……」

　目の前の橋を見た。

（えっ……まさか！）

「この橋は、中央で二つに分かれるんです。こっち側と向こう側で分かれて、両方が上に向かって持ち上げられる。太い鉄の鎖で引っ張るんですよ。その鎖は――」

そこでクローゼは手を振って、エステルたちの視線を右と左に注目させた。

ようやく気付く。橋の袂の左右には、巨大な塔が建っていて、まるで二本の腕のように、エステルたちの頭上に見えている「あるもの」を支えていた。

頭の上にあるもの――巨大な巻き車を。

「鎖は、この大きな筒に巻きつけられるんです」

見れば、たしかに太い筒に太い鉄の鎖が巻きついている。滑車になっていて、鎖を手繰り寄せて巻きつけると、鎖に引っ張られて橋があがる仕掛けだった。お城の堀に架けた跳ね橋を上げるのと理屈は同じだが、遥かに巨大な仕掛けだった。

百アージュ……半分だとして五十アージュにもなる石造りの橋を持ち上げるなんて。

「導力革命のおかげです」

「やはり導力器《オーブメント》の力を使っているのか……」

「すっごい……！」

導力器の産み出す巨大な力を利用して、船を通らせてかつ橋を架けるという、一見矛盾する要求を両方とも満たしてみせたわけだ。確かにクローゼが、ぜひと見せたがるのもわかる。これはリベール王国内でも稀有の巨大仕掛けだろう。

「跳ね橋を上げるのは、日に三回と決められています。今からだったら、夕方のが見られると思いますよ」

「それは見逃さないようにしないと！」

「そうだね」

「じゃあ、後は港に案内して、私は学園に戻りますね。この橋を渡ればすぐですから」

エステルたちは街の南側へ《ラングランド大橋》を渡った。

街の南側は、大きな倉庫が立ち並ぶ港になっていた。飛行船が就航してから海洋輸送は減ったとはいえ、今でも外国からの荷物が運ばれてきては預けられ、国内のあちこちにまた運ばれてゆくという。

「でも、空き倉庫になってしまった所もあって、そこを溜まり場にしている人たちがいて問題になっているらしいです」

クローゼが言ったときだった。

「待ちなよ、嬢ちゃんたち」

波止場のほうからやってきた柄の悪そうな三人連れがエステルたちに声をかけてきた。

† † †

「え、あたしたち？」

エステルはびっくりした。

街中を歩いていて、男の人から声を掛けられるなんて初めてだ。

男の「子」からならある。思いっきり年下。虫取りに行こうぜとか、缶蹴りをしようぜとか、鬼ごっこしようぜとか。しかし、今声をかけてきたのは、どう見ても厄介ごとを背負ってきたような男たちで、エステルとしてはちっとも嬉しくない。

「なにか御用でしょうか？」

クローゼが問いかけた。

「ヒマなんだったら、俺たちと遊ばないかなぁって思ってさ！」

三人の男たちは、エステルたちよりも少し年上な感じで、全員がニヤニヤとした笑みを浮かべながら輪を縮めてくる。

「間に合ってるわ。ルーアンの見学中なの。悪いけど、他をあたってくれない？」

エステルはきっぱりと断った。

「お。強気な態度。ちょっと好みかも」

「ふえっ？」

「ほらほら、そう言わずにさあ」

「シ、シツコイってーの！」

こちらにはヨシュアがいたが、不良たちは彼の外見だけを見て、生っちろい小僧などと揶揄してくる。これにはエステルもむっとしてしまった。無視しようにも、三人はじりじりと囲みを狭めてきた。どうやら素直に言うことを聞く気はないらしい。

頭にきたエステルが背負った棍へと手を伸ばしたときだ。エステルを庇うようにヨシュアが前に立った。

「彼女たちに手を出したら……手加減しませんよ」

そう言って、冷ややかな瞳で三人組を睨みつける。

「う……」

「な、なんだよ……」

ヨシュアは静かに見つめただけだった。それだけで、男たちはヨシュアの迫力に呑まれた。思わず声を失い、歩みを止めてしまう。

そこに声が割り込んできた。

「お前たち、何をしているんだ!」

声に、全員が振り返る。

髪を真ん中で丁寧にわけた実直そうな青年がやってきて、エステルたちと不良たちの間に割って入ってきた。

「また、お前たちか! 懲りもせず……いい年をして恥ずかしくないのか!」

「う、うるせぇ! この、市長の腰巾着が……!」

「なんだと……」

「呼んだかね？」

　青年の後ろから、またひとり現れた。

「ダ、ダルモア⁉」

　不良のひとりが呻くように言った。

　今度は髭を生やした中年の男性だ。髪を短く刈り上げており、仕立てのいい立派な服を着ている。

　エステルは傍らのクローゼに向かって囁く。

「だ、誰なのかな……？」

　背はさほど高くないが、やたらと貫禄のある人物だ。話し方も落ち着いていて威厳がある。

「ルーアン市長のダルモア氏です」

「市長さん？」

「はい。お若いほうの方は、ギルバートさんといったかしら」

「詳しいのね」

　エステルは感心してしまった。市長の名前ならば知っていても不思議はないが、秘書の名前まで憶えているなんて。

「王立学園の卒業生の方なんです。すごく優秀な成績を残した方だったとか」

「あ、なるほど」

そういう事情があるなら詳しいわけもわかる。

市長のダルモアが、三人を順番にじろりと睨みつけてから、「ルーアンは自由と伝統を誇る街だ。おまえたちの普段の行動をとやかくは言わんが、旅行客に迷惑をかけるというのなら詰は別だぞ?」と言った。

「う、うるせえや。この貴族崩れの金満市長が」

「おまえたち、無礼にもほどがある!」

秘書が声を張り上げた。

一触即発。

だが、不良の三人組は、エステルとヨシュアが遊撃士であることに気付くと、一転して態度を変えたのだ。何かこそこそと三人で言葉を交わし合うと、思い切りありがちな捨て台詞を吐いて、倉庫街のほうへと去っていった。

市長がエステルたちに謝ってきた。

エステルとヨシュアも慌てて挨拶を返す。名乗ると、ダルモア市長は「なるほど」と大きく頷いた。

「そういえば遊撃士支部の受付の……ジャン君だったたか。彼が有望な新人がくるとか言っていたが。君たちのことだったたか」

「そんな有望だなんて……」

「しばらくこちらの地方にお世話になります」

「助かるよ。今、ルーアンは色々と大変な時期でね……。ところで、そちらのお嬢さんは遊撃士ではなく、王立学園の生徒のようだが？」

「クローゼ・リンツと申します。お初にお目にかかります」

　市長に向かって頭を下げながら、クローゼが自己紹介をした。

「ほう、そうか。コリンズ学園長とは親しくさせてもらっている。そういえば、ギルバート君も王立学園の卒業生だったね」

「はい。クローゼ君……だったか。君の噂は色々と聞いているよ。現生徒会長のジル君と首席を争っているそうだね。優秀な後輩がいて、僕も卒業生として鼻が高い」

「そんな……」

「しゅ、首席……って、一番ってことよね？　クローゼ、すごい！」

「エステルさん、そんな」

　クローゼは謙遜したが、市長はそれを聞いて感心していた。

「うむ、素晴らしいな。今度の学園祭は私も非常に楽しみにしている。頑張ってくれたまえ」

「は、はい！」

　クローゼが恐縮した面持ちになり頭を下げた。

ダルモア市長はエステルたちに、困ったら遠慮なく相談してくれと言って、秘書ギルバートとその場を立ち去った。

「はあ。なんかやたらと貫禄のある人だったわねー」

「確かに。市長らしい市長、という感じだね」

「ダルモア家といえば、かつての大貴族の家柄ですから。貴族制が廃止されたとはいえ、いまだに上流階級の代表者とされている方です」

「ほえぇ。貴族とか、なんか住む世界が違うって感じ」

「でも、何事もなくてよかったです。あんな人たちに絡まれるなんて……。ごめんなさい。あぶない場所に案内してしまったみたいで」

「君が謝ることないよ」

「そうそう。ヨシュアの言うとおり。悪いのはあいつらだもん！」

もう少しクローゼの案内で街を見て回りたかったが、無理をせず、エステルたちは遊撃士協会の支部へと戻った。

受付のジャンがカウンターに戻ってきていた。ボースの支部から事前に連絡が入っていたらしく、転属手続きも問題なく進む。

建物を出たときには西の空が赤くなっていた。

「もうすぐ橋が上がる時間ですよ」

忘れていたことをクローゼが思い出させてくれた。

急いで橋の袂へと向かう。

「あ、ほら！　橋が上がっていきます！」

柔らかくなった日の光を浴びて、白い石造りの巨大な橋が真ん中で割れ、手前と向こう岸でゆっくりと持ちあがってゆく。見上げるほどの高さにまで跳ね上がった。片方だけで五十アージュはあるはずだから、まるで巨大な塔のように見えてしまう。暮れなずむ藍色の空に向かって聳えていた。

「ふわぁ、すごぉい」

「これは……確かに壮観だね」

「ルーアンの街に訪れる人には、ぜひ見てもらいたいんです。ところでエステルさんたちは今夜の宿はどうされるんですか？」

《ラングランド大橋》が跳ね上がるのを見た後で、クローゼが問いかけてきた。

支部の宿泊施設を借りる手もあった。だが、エステルとしては、最初くらいは優雅にホテルにでも泊まりたいと思っていた。そのことを口にすると、クローゼが、「でしたら、急いだほうがいいかも。今は観光シーズンですから、あっという間に一杯になってしまいますよ」と教えてくれた。

「そうか……。すぐに行ってみたほうがよさそうだね」

クローゼに案内してもらって、街に入ってすぐの処にあるホテルに辿りついた。

《ホテル・ブランシェ》。

看板を見ると、そう書いてあった。

部屋は既に一杯だったが、最上階にキャンセルが出て空いていた。遊撃士さんたちにはお世話になっているからサービスしますよ、とまで言われて、エステルとヨシュアはその部屋に決めた。なんと、ボートを貸してくれて釣りもできるらしい。

「よかったですね、エステルさん、ヨシュアさん」

「うん。案内してくれてありがとう」

「ふふ。大したことは……。では、そろそろ学園に戻りますね」

「もう日が落ちちゃうけど、大丈夫？」

学園の近くに魔獣が出ると先ほど言っていた。エステルは心配になってしまう。

「大丈夫です。学園に戻る人たちと一緒にさせてもらいますから。そうだ、エステルさんたちはしばらくルーアンにいらっしゃるんですよね？　よかったら今週末にある学園祭にいらっしゃいませんか？」

クローゼが別れ際に言った。

「学園祭？」

「名前からすると、学園の行事か何かかな？」

「はい。生徒たちが自主的に開くお祭りです。伝統行事なんですよ」

「お祭り！　あたし、そーいうの好きかも！　行きたい！　というか、むしろ参加したいくらい！」

ついその気になったら、ヨシュアにたしなめられてしまった。

「こらこら。僕たちはルーアン支部で遊撃士の仕事をしなくちゃ。さっきもジャンさんに頑張りますって言ったばかりじゃないか」

「あ、うん……うーん。惜しい。うう、せっかくのお祭りなのにー」

「まあ、学園祭の当日だけなら、いい息抜きにもなると思うし……。でも、それまでしっかり仕事しようね」

「ふあぁぃ」

エステルたちのやりとりを見ていたクローゼがくすくすと笑っていた。

再会を約束して別れる。

たくさんの新たな出会いのあった一日だった。なかには不良たち三人組みたいにあまり出会いたくない輩もいたが、それでも気持ちいい人と出会えたほうが多かったとエステルは思うのだった。

孤児院のテレサ院長、子どもたち——イタズラ小僧のクラムをそこに加えてもいい、王立学園の生徒であるクローゼ。ルーアン支部で出会ったカルナさんや受付のジャンさんも、親切にエステルたちを迎え入れてくれた……。

忙しい一日だったとエステルは思う。やっと一息つけると、最上階の部屋に辿りついて、荷物を下ろそうとしたときだった。

まさか、そこからその日の出会いの中でも最悪の出会いが待っていようとは——。

さすがにエステルも予想していなかった。

†　†　†

《ホテル・ブランシュ》の最上階のその部屋には、海の見えるバルコニーが付いていた。

「すごいな……。こんなのまであるんだ」

ヨシュアが言った。

バルコニー越しに見える海は、夕日を照り返して光っている。水平線ギリギリにある太陽は、いつもよりも大きく赤く見えた。波止場には荷卸しに使う滑車のついた塔がいくつも立ち並び、小さく見える人影が、ちょろちょろとまだ行き交っている。

「すっごく良い眺めよね」

「遠くまで見えるね。定期船かな……ほら、こっちに向かってきている」

光の反射でよくは見えないが、確かにヨシュアの言うとおり、遠く西の方角から豆粒のように小さな船が近づいてきていた。相変わらずヨシュアは目がいい。

「父さんも一緒だったらな」

　思わず言っていた。

「そうだね。あの人ときたら、どこで何をしているんだろう」

　エステルとヨシュアは、お互いしばらく黙ったまま暮れなずむ街並みを見ていた。

　空が徐々に青さを増してゆく。

　東の地平線近く、藍色に染まった天幕に星がきらめき始めた。

「エステル、そろそろ部屋に戻ろ――」

　言い掛けて、ヨシュアが口を閉ざす。

『ほほう……なかなか良い部屋ではないか』

　聞いたことのない声が、部屋の中から聞こえたのだ。

　エステルとヨシュアは視線を交わし合う。そのまま声を出さずに、バルコニーから部屋の中へと引き返した。

　エステルたちが借りた部屋に侵入者がいた。

「なんでここに……」

「しっ。エステル、ちょっと様子を見てみよう」

　カーテンの陰に隠れて窺った。

侵入者は二名。

ひとりは背の低い中年の男性で、今からパーティにでも行くのかと思うような、やたらと派手な服を着込んでいた。髪型も奇抜で、眉の上で水平にぱっつんと切り揃えていて、まるでキノコのようだ。さらに鼻の下と顎にちょっぴりの髭を生やしていた。悪いとは思いつつ、見つめているとエステルは笑ってしまいそうになる。

「な、なに、あれ……」

「さあ……僕に訊かれても……」

その男は部屋の中をあれこれ見廻しては、満足そうに頷いている。

「うむ。気に入った。滞在中はこの部屋を使うことにする」

「閣下、お待ちくださいませ」

男を止めたのは、もうひとりの侵入者だ。ひょろりとした体格で、細縁の眼鏡を掛けた老人だった。

「このお部屋は利用客がいるとのこと。予定通り、市長殿の屋敷に滞在なさったほうが……」

「黙れ、フィリップ！　あそこは海が見えんではないか。その点、ここは海沿いだ。景色もいいし、ほれ、窓から入ってくる潮風も……む？」

潮風がカーテンをふわりと膨らませ、ゆっくりと元の位置に戻る。

ようやく男はエステルとヨシュアに気付いたようだ。とうにエステルたちはカーテンの陰から出ていたのだが……。

「なんだ、お前たちは！」

　声を荒げたと思ったら、急に怯えたような顔になる。

「もしや、賊か！　私の命を狙いに！」

「なに、トチ狂ったこと言っているのよ。オジサンたちこそ何者？　勝手に人の部屋に入ってきたりして」

「オ、オジサン呼ばわりするでない！　まあ、ちょうどいい。お前たちがこの部屋の利用客だな。この部屋は私が接収させてもらう。というわけで、さっさと出ていくように」

「はあ？　言っていることが全然判らないんですけど」

「事情をお伺いしたいですね」

　ヨシュアが静かに言った。

　ということは怒っているということだ。

　だが、閣下と呼ばれた男は、ヨシュアの放つ静かな怒りの波動に気付かなかったようだ。

　それどころか、男はやおら自分の名前を声高に名乗り始めた。

「私の名前は、デュナン・フォン・アウスレーゼ！　アリシア女王の甥にして、公爵位を授けられし者である！　次期、国王に定められた者なるぞ！」

「…………………」

「………………………………」

エステルとヨシュアは沈黙し、それから笑い出した。

「……ぷっ。あははは」

「……はは」

「な、何がおかしいのだ！」

「だ、だって〜。よりにもよって、女王様の甥ですって！」

「エステル、そんなに笑ったら悪いよ。こ、この人も、場を和ませようと思ったのかもしれないし」

「お、お、おまえら……！」

怒りに言葉を詰まらせた男の代わりに、黒の、よく見れば執事服らしきものを着こんだ老人が、細い縁の眼鏡の奥から申し訳なさそうな瞳を覗かせながら言う。

「誠に失礼ながら、閣下の仰ることは嘘偽りや冗談ではなく真実です」

「あははは……は？」

「え……？」

「真実です」

老人が繰り返した。

フィリップと名乗ったその老人は、目の前の派手な服を着た男が、正真正銘の女王陛下の甥だと主張し、名誉に賭けて保証するとまで言うのだった。

（えええええ⁉　信じられない！）

エステルの内心は信じ切れていなかったけれど、執事のフィリップの言葉には真実の響きがあった。それが感じられてしまう。

とはいえ、王族だから部屋を譲れ、などといきなり言われて納得できるものではない。

エステルは理不尽なことが好きではなかった。反論しようとしたが、フィリップがエステルたちを部屋の片隅へ呼び、囁いてくる。済まないが公爵のために部屋を譲ってくれないだろうか、と頭を下げてきた。

人のよさそうな老執事を困らせるのも本意ではなかったのでエステルたちは折れた。

「まあ、あたしたちには、ちょっと豪華すぎる部屋だったし」

「そうだね」

ヨシュアが公爵に向かって言う。

「お騒がせしました。部屋は公爵閣下にお譲りします」

「そうかそうか！　わはは、最初からそう言えばいいのだ」

いっぺんで上機嫌になった。

髭を撫でつけながら、偉そうにしている公爵閣下を見て、エステルは何とも言えない疲れを感じてしまう。

（まったく、せっかく良い気分だったのになぁ）

悪いことは重なるもので、フロントに代わりの部屋を問い合わせたところ、ホテルの空きは埋まってしまい既に無くなっていた。

空は夕焼けもとうに消えて、すっかり夜になっている。

もう、ルーアンの街を歩き回って新たな宿を探す余裕もなさそうだ。このままでは遊撃士の支部に泊めてもらうしかない。公爵の理不尽な要求を受け入れたのが運の尽きだったのかもしれなかった。

「困っているみたいじゃねえか」

背中から掛けられた声に振り返った。

「よう。空賊アジトで会って以来だな」

よれよれのネクタイを首に巻いた男が、にっと笑みを浮かべながら言った。

「ナイアル!?」

男は、リベール通信社の記者、ナイアル・バーンズだったのだ。

「意外な場所で会いますね」

「そりゃこっちの台詞だぜ。で、どうしたよ?」

ナイアルに問われて、エステルたちは、自分たちに降りかかった災難について語った。

聞いた途端にナイアルは笑いだした。だが、ひとしきり笑った後で、ナイアルはそれなら俺の部屋に泊めてやると言ってくれたのだ。

　さっそくホテルのフロントと交渉し、了承してもらう。

　ナイアルの借りていた部屋は、ホテルの地下部分に当たる部屋で、さすがに眺めの美しさなど望むべくもなかった。とはいえ、エステルたち遊撃士にとっては、荒野で野宿もあたりまえの日常である。雨風《あめかぜ》をしのげる屋根があり、硬い土の代わりに柔らかいベッドがあるだけでありがたい。

「で、お前さんたち、晩メシはまだなんじゃねえか？」

「あ、うん。さっきまで街の見物をしていたし。まだだけど」

「奢ってやるから付き合えよ」

「ほぇ。どうしたの!?」

「気前がいいですね」

「おまえさんたちには世話になったからな。空賊逮捕のスクープじゃ、ボーナスまで出たんだ。ちっとくらいは返してやらねえと」

「やった！」

「そういうことなら……ご馳走になります」

「アゼリア湾のうまい魚貝をたっぷり味わえる店に連れてってやる」

　そう言うナイアルに連れられていった店の食事は確かに美味しくて、ホテルの最上階を理不尽に譲らされたことなど忘れてしまえそうだった。最後には幸せな気分でベッドに潜り込む。

（結局……悪くない一日だったのかも！）

エステルは満足して眠ったのだ。

明くる日。

ナイアルに礼を言った後で、エステルたちは遊撃士協会の支部へと向かった。ルーアン所属の遊撃士として、新しい仕事が待っている。旅の疲れも取れ、勇んで扉をくぐったエステルとヨシュアを、支部の受付であるジャンがやや慌てた顔で出迎えた。

事件が起こったので調べて欲しい、という。

「どうしたの？　何が起こったの？」

あたって欲しくない嫌な予感ほどあたるものだ。

ジャンの報告を聞いていたエステルとヨシュアの表情が凍りついた。

マノリアの海岸沿いにあるマーシア孤児院が、火事にあって全焼した。

テレサ院長と子どもたちの安否も確認されていない。

耳を疑うニュースだった。

第十幕《レイヴン》

鼻を突いたのは焦げた木の不快な匂いだった。

「ひどい……」

エステルは焼け跡を前にして呆然としてしまう。

かつてマーシア孤児院だったものは、もはや建物の形を留めていなかった。

焼け落ちて柱だけになっており、地面から黒い棒と化してまばらに生えている。

足下には、床やら壁やらの燃え滓が散らばっていた。一歩進むたびに、ぱきりと音を立てて灰となって崩れる。椅子ひとつテーブルひとつ元の姿で残っているものはなく、かつての幸せな空間の記憶は、根こそぎ奪われてしまっていた。

まるで廃墟だ。

焼け跡の始末をしていた青年のひとりが、エステルたちに近寄ってきた。

「ひょっとして君たち、遊撃士協会から来たのかい？」

「う、うん……」

「みなさんはどこから？」

「マノリアだよ。瓦礫の片づけをしているんだ」

昨日の夜中。天を焦がして燃えあがる炎は、ここから街道を西に歩いた先のマノリア村からも見えたという。慌てて消火に駆けつけたものの、古い木造の建物は思った以上に火の回りが早く、為すすべがなかった。

「あの――」

口にするのをためらうひとこと。だが、訊かねばならない。

「院長先生と……子どもたちは？」

「ああ――全員無事だよ」

エステルの全身からそのひとことを聞いた途端に力が抜けた。

「っ！　よ……よかったぁ！」

「マノリアの宿屋で休んでもらっている。これだけの火事のわりには、大したケガはなかったそうだぜ」

安堵の息を吐いてしまう。

「よ、よかったね、ヨシュア！」

「うん、不幸中の幸いだね」

「じゃあ、さっそくお見舞いに――」

「残念だけど、エステル。それはもうちょっと待って」

「えっ」

びっくりした。

ヨシュアを見ると、難しい顔をして焼け跡を睨んでいる。

「ど、どうしたの？」

「ヘンだなって思ってさ……」

「……ヘン？」

「見てごらん。このあたりは火元になりそうなものもない。山火事が起きて飛び火した、というわけでもないし。しかも、火事が起きたのは夜中だ」

「そうか。子どもたちは寝ちゃってるし、あの院長先生が火の不始末なんて考えにくいもんね」

エステルの言葉にヨシュアも頷く。つまりこれは不審火ということだ。

「わかった。あたしも遊撃士だもん。何があったか突きとめないと！」

エステルとヨシュアは、焼け跡の中をあれこれ探し回った。最初はとくに何かが見つかるという当てがあったわけではない。だが――。

火の勢いが激しかったと思われる処が扉の外側であったり、油の匂いが残っていたりと、おかしな所が調べているうちに少しずつ見えてくる。院長先生の大切にしていたハーブ畑にも踏みにじられた跡が残っていた。

「誰かが夜中に畑だと気付かず踏み込んだ証拠だろうね」

「……誰かって？」

「そいつらが、油を撒いて火を点けたんだと思う」

「じゃあ、……やっぱり放火なの？」

恐ろしい結論だが、もはやそうとしか考えられない。

「たぶん……」

「それ……本当ですか……？」

背中から問いかけてきた声。呆然と焼け跡を見つめる制服姿の少女の姿があった。

「クローゼさん！」

「来ていたのか……」

「どうして……こんな……酷いことができるんですか……？」

静かな声。だが、クローゼは怒りを抑えているのだ。よく見れば細い肩は震え、両の手はきつく握りしめられて白くなっている。

エステルは、クローゼに近づくと両の腕を彼女の身体に回して優しく力を込めた。

「ひどすぎるよね……」

「エステルさん」

「でも、安心して。先生と子どもたちは無事だって。だから――大丈夫。なにもかもなくなったわけじゃない」

こわばっていたクローゼの身体から力が抜ける。

「ありがとう。すこし落ち着きました」

「うん」

「僕たちはこれからお見舞いに行くところなんだけど、よかったら一緒に」

ヨシュアが気を利かせて誘い、クローゼが頷いた。

マノリアの村まで歩き、教えられた宿屋に行くと、院長先生と子どもたちがいた。

子どもたちはみなどこか不安そうな顔をしていたが、クローゼの顔を見ると、ほっとしたように笑顔になった。ほんとうにクローゼは子どもたちに好かれているようだ。

「クローゼ……。それに、エステルさん、ヨシュアさん」

テレサ院長がベッドから身体を起こした。

「わざわざここまで？」

「はい……ギルドに連絡があったから」

「調査に来たついでにお見舞いに寄らせて頂きました」

「まあ。調査……」

「何かわかったこと、あんの？」

テレサ院長を心配そうに見つめていたクラムが、そう訊いてきたのだが、エステルは答えるのに躊躇してしまう。あまり子どもたちに聞かせたくない話だからだ。

「みんな。お腹空いてない？　甘いものご馳走してあげようか？」

クローゼがそう切りだして、子どもたちを引きつれて宿の食堂へと連れて行ってくれた。

廊下を遠ざかっていくにぎやかな子どもたちの声が聞こえる。

「ふふ、良い子に恵まれて私は本当に幸せ者です……」

テレサ院長が微笑む。

「あの、お加減はよろしいんですか？」

「どうか、お気遣いなさらないで。ケガなどは特にしておりませんし。ただ、もうこの歳ですから、さすがに身体のほうがびっくりしてしまって寝込んでしまっただけですわ」

それはそれで大変なのではあるまいかとエステルは思うのだが——。

「調査に来たとおっしゃっていましたね。何なりと訊いてくださいな」

気丈にも、テレサ院長はそう言ったのだった。

† † †

「実は現場を調べた結果、放火の可能性が極めて高いことが判明しました」

前置きなしに、ヨシュアがずばりと切り込んだ。事務的な言葉遣いなのはあえてだろう。

テレサ院長は覚悟していたようだった。

問題なのは、放火だとしてもその目的だった。テレサ院長によれば孤児院にはミラの余裕もなく、また恨まれる覚えもないという。強盗の末に証拠を消すために火を点けた、とか。恨みがあったから、という線は薄そうだ。

「となると……愉快犯、という可能性がありますが」

ヨシュアの言葉にテレサ院長が眉をひそめた。

「見知らぬ男、いえ女かもしれませんが、怪しい奴が孤児院の近くをうろついていた、という記憶はありませんか？　時間的には僕らが昼にお伺いした頃から後だと思うんですけれど」

「そうですね……特に……。あの人は違うでしょうし」

テレサ院長がふと漏らした言葉を、ヨシュアが聞きとがめる。

「あの人、とは？」

「実は……もう少しで私たちは火に巻かれてしまう所だったんです。天井から落ちてきた梁《はり》に扉を塞がれてしまって」

エステルは息を呑む。遠い過去の自分の記憶が不意に蘇って、目の前に真っ赤な炎が見えた気がした。

「それで？」

ヨシュアが続きを促した。

「そのときに、扉を破って助けてくれた方がいて……。梁をどけて、私と子どもたちが逃げるのを手伝ってくれたんです」

エステルは詰めていた息を吐いて、ほっとしてしまう。

「そんなことがあったんだ……」

「はい。私たちを助けてから、町の人たちを呼んでくると言って、すぐに居なくなってしまって……。助けにきてくれたマノリアの方に聞いても、自分たちを呼びに来た男に誰も心当たりがないそうで」

「確かに……放火をしておいて助けるのでは、犯人ではなさそうですが……。気になりますね。どういう雰囲気の人でした？」

記憶をさらうようにテレサ院長はすこし視線をあげて天井を見つめた。

「ええと。象牙色のコートをまとった　二十代半ばくらいの男性です。見事な銀髪をなさっていました」

「銀髪……」

「夜でしたし、あまりはっきりとはお顔を見られませんでしたが、お若いのに、とても苦労なさったような深い眼差しをしていましたね。悪い方には見えませんでした」

テレサ院長の言葉に、エステルも頷きを返す。

「ふつうの人には思えないけど、先生と子どもたちを助けたのは事実だし、確かに犯人じゃなさそうね」

ただ、とっさの行動にしては手馴れているのが気になるといえば気になる。

「ん？　どしたの、ヨシュア。黙っちゃって」

「……いや。なんでもない」

ヨシュアが何か考え込んでいたのは判るのだけど、何を考えていたのかは判らなかった。

ノックの音がした。

テレサ院長のどうぞの声に応えたのはクローゼだった。

「失礼します。あの……先生。お客様がいらっしゃいました」

「お客様？」

「お邪魔するよ」

クローゼの後ろから姿を現したのは、エステルにも見覚えのある顔だった。

「あ……！」

思わず声をあげてしまう。

「おや、昨日会った遊撃士諸君も一緒だったか」

と、恰幅のいい男性が言った。

ルーアンの街の市長、ダルモアだ。その後ろには秘書だというギルバート青年もいる。

「お久しぶりだ、テレサ院長。報せを聞いて飛んできたのだよ。ご無事で本当に良かった」

「ありがとうございます、市長」

「許しがたい所業だな。ジョセフのやつが愛していた建物が、あんなにも無残に……」

「いえ、子どもたちが助かったのであれば、あの人も許してくれると思います」

会話を聞いていると、どうやらあの孤児院はテレサ院長にとって思い出が詰まっている場所だったようだ。それでも、子どもたちさえ無事ならいいと言う。強い人なんだな、と穏やかに笑みを浮かべるテレサ院長を見て、エステルは思った。

「遊撃士諸君。犯人の目処は？」

「調査を始めたばかりですから何とも。ひょっとしたら愉快犯の可能性もあります」

ヨシュアの答えに、ダルモア市長は「そうか」と頷くと、憂鬱そうな顔になる。

「嘆かわしいことだな。この美しいルーアンの地にそのような心の醜い者がいるとは……」

「市長。失礼ですが……」

青年秘書がおそるおそるといった感じで口を挟んでくる。

「ん、なんだね？」

「今回の件……もしや、彼らの仕業ではありませんか？」

「む……」

ギルバートの言葉に、市長が咎めるような視線を送った。

「あの、『彼ら』って？」

「君たちも昨日絡まれただろう？　ルーアンの倉庫街にたむろしているチンピラどもさ」

「あいつらが……？」

エステルは昨日のことを思い出した。大橋を越えた処で絡んできたやつらのことだ。確かに不愉快な男たちだった。市長が出てくるとあっさりと引き上げていった。いや、エステルたちが遊撃士だと知ると、だったろうか。

「失礼ですが……どうして彼らが怪しいと？」

　ヨシュアが問いかけた。

「彼らは市長には何かと楯突いている。そして、こちらの院長先生と市長が懇意であることは有名な話だからな。だから――」

「ギルバート君！」

「は、はい！」

「憶測で、滅多なことを口にするものではない！」

　市長に一喝され、ギルバートは口をつぐんだ。

「ああ、つい声を荒げてしまったな。まあ、この件は遊撃士諸君に任せたい。期待してもいいのだろうね？」

「うん。まかせて！」

「全力を尽くさせてもらいます」

　エステルとヨシュアは請け負った。

「うむ。頼もしい言葉だ。ところで院長。孤児院がああなってしまって、これからどうするおつもりか」

「……正直、困り果てています。当座の蓄えはありますが、建て直すミラはとても……」

「やはりそうか。うむ……」

そこでダルモア市長はすこし間を空けた。それから、やや伏し目がちになりながら、話を切りだしたのだ。

「ひとつ提案があるのだが」

「なんでしょう?」

市長の提案とは、王都にある自分の別荘を孤児院として貸し出そう、というものだった。家賃はいらない。再建の目処が立つまでいくらでも滞在してもらって構わないとまで言ってくる。

「少し……考えさせて頂けませんか」

市長の申し出に、テレサ院長は顔を伏せた。

無理もないとエステルも思う。確かにいい話ではあった。けれど王都は遠い。行ってしまえば、もはやルーアンに戻ることができるかどうかわからない。耕した土地も、マノリアの人たちに喜んでもらったハーブ畑も、なによりも、大事な人たちとの思い出の数々も、みんな捨てていくことになるのだ。

ダルモア市長は、ゆっくり考えてくれと言って秘書とともに部屋から去った。

「先生……」

「クローゼ、あなたにまでそんな顔をしてほしくないわ。近いうちにちゃんと結論を出します。

だから、あなたは学園祭の準備に集中してくださいね」

「はい……」

クローゼがやや涙ぐみながら頷いた。それから、調査をお願いしますと、エステルとヨシュアに向かってもういちど繰り返す。エステルとしても精一杯頑張るつもりになっていた。

「じゃあ、そろそろルーアンに戻ろうか」

ヨシュアが言った。これ以上の長居は院長先生を疲れさせるだろうという配慮だ。

部屋の扉を静かに閉めて、エステルとヨシュア、それからクローゼは何となくお互いに顔を見合わせる。エステルから口を開いた。

「とにかく……犯人捜しよね！」

「そうだね。とりあえず支部に戻って……」

ヨシュアがこれからの方針を口にしようとしたときだ。階段を駆け上がってくる音がして、小さな女の子が姿を現した。ずいぶんと慌てている。クローゼを見つけると、まっすぐ走ってきて抱きついた。

「クローゼお姉ちゃん！」

「マリィちゃん。ど、どうしたの？」

「クラムのやつが、どこかに行っちゃったのよ！」

「え……？」

小さなマリィが焦った顔でしゃべりつづける。

「あのオジさんたちが来たときに、お姉ちゃんの後から二階に上がって行ったの。すぐに降りてきて、真っ赤な顔で『ぜったいゆるさない！』とか言って、そのまま飛び出しちゃったの！」

聞いていたクローゼの顔が徐々に青ざめていった。

「ま、まさか……」

エステルも事情を理解してしまう。クラムは、「放火の犯人はルーアンのチンピラたち」というギルバートの推測を聞いてしまったに違いない。

そしてひとりで乗り込んでいったのだ！

「急いでルーアンに引き返しましょ！」

「はい！」

エステルたちは宿屋を飛び出した。

†　†　†

街道で追いつくことができれば幸いだったが、残念ながらエステルたちはクラムを見つけることはできずに街に着いてしまった。支部に寄って事情を話し、空いている遊撃士にも協力してもらうよう言付《ことづ》ける。それから街の中を捜した。

《ラングランド大橋》の袂で、橋を渡ってゆく小さな背中をクローゼが見つけた。けれども運悪く、時刻がちょうど昼になったところで、跳ね橋の上がる時間だった。

「クラム君、待って！」

　クローゼの必死の呼びかけも届かない。

　真ん中から分かれた橋は南と北に吊り上げられて、完全に南北が分断されてしまう。こうなると三十分は降りないとクローゼが青い顔をして言った。そんなに時間がかかっては、クラムは港の倉庫に辿りついてしまう。

　ホテルにある貸しボートの存在を思い出したのはヨシュアだった。

　ボートを借りて、南側へと渡る間、クローゼは拳を握りしめたまま「クラム君、無事でいて」と繰り返し言い続けた。

「ねえ、クローゼ」

　ぽんと軽く肩を叩きながらエステルは声をかけた。できるかぎり明るい声を出す。

「エステルさん……」

「大丈夫。ちゃんと間に合うから。だって――、あのガキってば悪運強いもん！」

「エ、エステル……さん？」

「ルーアンまでの魔獣の出る街道をあいつ、たったひとりで走り抜けたんだよ？」

「あ……」

街道沿いには導力灯が設置されていて魔獣たちは寄ってこない。だから安全、というのは必ずしも真実ではない。導力灯が壊れている可能性もあれば、人間の悪党が出てくる可能性だってある。

「それに比べれば、もう街中だもの。あの情けない奴ら相手じゃ、ぴんぴんしているに決まっているから！」

そう軽い調子で言ったけれど、もちろんエステルだって本気で何も心配ないと思っているわけではなかった。気は急いている。だが——今は落ち着くことが肝心なのだ。

ピューイ！

鳴き声とともに大きな鳥が一羽、クローゼの肩へと降りてきた。彼女の友人の白い隼——。ジークだ。クローゼが何事かを囁くと、ジークも鳴き声で応えてくる。ほんとうに会話しているように見えてしまう。

ジークの鳴き声にクローゼが頷いた。

「いちばん奥の、倉庫だそうです！　ジークが、そこに入っていくのを見たって」

「判った」

ヨシュアは疑って時間をつぶすような事はしなかった。さすがだ、とエステルは思う。

ボートを操っていたヨシュアが舳先を倉庫街の奥へと向ける。チンピラたちのたむろしている空き倉庫の入口へと辿りついたときには、クローゼも落ち着きを取り戻していた。

扉の外から様子を窺うと、かすかに開いた隙間から中の声が漏れ聞こえてくる。

「とぼけるなよ！　お前たちがやったんだろ！」

クラムの声だった。

クローゼが思わず胸に手をあてて、ほっと息を吐く。

どうやら、不良たち相手に放火事件に関して問い詰めているようだ。男たちの方はクラムの言うことにいっさい取り合っていない。馬鹿にして笑っていた。激昂したクラムが男たちに殴り掛かっていったのが気配で判り、慌ててエステルは扉を開けた。

男たちのひとりがクラムを突き飛ばしたのを見た。

やんちゃでも、まだ年端のいかない子どもだ。おとなの男から突かれれば、軽々と吹っ飛ばされてしまう。床に尻もちをついたところを、胸倉をつかまれて引きずり起こされた。

「っくぅううう！」

苦しそうに呻くクラムを見て、クローゼが叫ぶ。

「やめてください！」

むっとした顔になったのは男たちだ。

「なんだぁ……おまえら？」

「相手は子どもなんですよ！　最低です。恥ずかしくないんですか！」

「言ってくれるじゃねえか」

「おめぇ……。昨日の女だな。遊撃士が付いているからって気を大きくしすぎだぜ。昨日とは違うんだぜ。こっちに何人いると思っているんだ？　そうそうあの市長や腰巾着が助けに来てくれると思うなよ！」

男が言い終わらぬうちに、じゃりっと靴が床をなじる音があちこちからあがる。

手前で遠巻きに見ていた男たちだけでなく、薄暗がりになっている倉庫の奥からも、わらわらと男たちが出てきた。いずれも若い。エステルとさほど変わらない年頃の青年から、歳をとっていても三十歳は越えていないだろう男たちだ。いずれも服は着崩しているし、髪型は妙な格好に逆立てていたりする。

「へへっ、いい度胸だぜ」

「俺たち《レイヴン》の恐ろしさを思い知らせてやるぞ！」

「《レイヴン》……？　あんまり強そうな名前じゃないわね」

「なんだと⁉」

エステルの言葉に、男たちの目の色が変わった。

レイヴンとは渡りガラスのことだ。カラスは鳥の中でも大きいから、強そうといえば強そうなのだが、それを言って喜ばせてやるつもりはエステルにはなかった。

今は、注目を自分の方に集めなければならない。

相手を睨みつけながら、傍らのクローゼだけに聞こえるよう囁く。

「クローゼさん、下がってて」

「僕たちが時間を稼ぐよ。その隙に、あの子を」

ヨシュアもエステルの意図を察して言葉を添えてくれた。

「いえ……。私にも戦わせてください」

「へ……？」

クローゼは自分の腰に吊るしていた剣を抜いた。目の前にまっすぐ掲げてから構える。

凛と、背筋を伸ばして立つその姿は、良家の子女が通う名門校の優等生というよりは、王家の騎士のようだった。手にしたその細い剣は研ぎ澄まされた真剣。レイピア、と呼ばれる。護身用に使われることが多いとはいえ、飾り剣ではなかった。

「剣は、大切な人を護るためのもの。今が、その時だと思います」

きっぱりとクローゼが言い切る。

取り巻いている不良たちからさえ、カッコイイの声が思わず漏れていた。

「バカヤロウ！　何、ほけっとしてんだよ！」

先頭に立っていた男が周りを一喝した。

慌てたように男たちが左右に首を振る。自分たちの立場を思い出したらしい。

「へっ！　オジョーサマごときに負けるかよ！」

「ナめられてたまるかってんだ」

やっちまえ、と誰かが言って、それが合図になった。

棍を構えつつエステルは悟られないよう安堵の息を吐いた。頭に血が昇っているからか、それとも彼らなりに意地があるのか、男たちは、捕まえているクラムを人質にしようとはしなかったのだ。

短剣や、片手に持てるほどの木の棒を握りしめた手近な六人ほどが、エステルたちに向かってきた。

だが――所詮は素人である。

エステルは襲い掛かってくる男たちを冷静に観察していた。そして、あえていちばん近い奴に向かって踏み込む。棍の先端を、相手の顔に向かって勢いよく突きだせば、驚いてそいつはたたらを踏んで立ち止まった。そうして無力化しておいてから、素早く武器を引き寄せ、もうひとりの敵が振りかざした短剣を棍を回転させて弾き飛ばす。

「うお！」

短い悲鳴をあげて万歳のような格好になった。その腹にひと突き入れる。ぐぇ、とカエルがつぶされたような声をあげて、そいつは床に転がって悶絶した。

「お、おい、レイス！」

「隙あり！」

仲間に気を取られた男を、エステルは思い切り棍で叩きのめした。

（楽勝！　……っと、クローゼは⁉）

振り返ってクローゼを見る。

心配することはなかった。まるで舞うような軽々とした動きでクローゼは、二人の男を相手にして剣を振るっていたのだ。華麗な剣捌きは一朝一夕で身につくものではない。充分な鍛錬を重ねた者の動きだ。

瞬く間に二人の武器を叩き落とすと、片方の喉元にぴたりと剣先を突きつける。

「終わりです」

「ぐっ……」

「ひゅーっ！　クローゼさん、やるぅ！」

エステルは思わず叫んでいた。

そのときにはヨシュアが相手にした男たちは、既に地面に叩き伏せられている。予想ができていたので、エステルはそちらの心配はしていなかった。

「こ、こいつら化け物か……」

突っかかってこなかった男たちが、遠巻きにしてエステルたちを見ながら、ごくりと唾を呑む。目つきが変わっていた。

（やば。かえって刺激が強すぎた？）

エステルは棍を握る手に力を込めた。あまりに力の差を見せてしまうと、やぶれかぶれになってしまうかもしれない。

（それは、困るんだけど……）

心配したが、そのとき入口のほうから声が掛かった。

「そこまでにしとけや」

「だ、誰だ!?」

「誰だ、だと？　やれやれ、俺の声も忘れてるとはな」

倉庫の入口に男の影が現れた。逆光になっていてよく見えないが、逆立つ髪をしていて、背中に巨大な剣を背負っている。こちらに向かって歩いてきて、ようやく顔が見えた。

男たちがいっせいに叫ぶ。

「ア、アガットの兄貴！」

エステルも驚いた。

男は、《重剣》のアガットだったのだ！

†　†　†

アガットはゆっくりと近づいてくると、いきなり目の前の不良を拳ひとつで殴り倒した。

「女に絡む。ガキを殴る……おめえら、ちょっとタルみすぎじゃねえか？」

低い声で言った。

「うるせぇ、チームを抜けたあんたに今さら――ぐへっ！」

「……何か言ったか、ロッコ？」

一瞬で間合いを詰めると、アガットは腹に拳を叩き込んだ。くの字に身体を折って、ロッコと呼ばれた男は苦しそうに顔を歪める。

（は、速い！　ん？　……チームを抜けた？）

エステルは不良の言葉に引っかかった。ひょっとして、アガットはこの男たちと知り合いなのだろうか……。

「あ、兄貴ぃ、カンベンしてくれ！　ほら、ガキなら解放するからよ！」

そう言って羽交い絞めにしていたクラムを放した。「ねえちゃん！」と叫んで、クラムはクローゼに抱きついた。クローゼが安堵の笑みを浮かべる。

「助かったけど……どうして、あんたが都合よく現れるわけ？」

「ジャンのやつに聞いただけだ」

エステルの問いかけに、支部の受付の名前をあげて応えたが、それだけの情報でこの倉庫まで辿りついたというのだろうか。

「クラム……」

今度は女性の声が耳に入る。

（この声は……）

「せ、先生⁉」

「どうしてここが……」

クラムとクローゼが二人とも驚いた顔をしている。エステルも驚いた。

姿を現したのはテレサ院長だったのだ。ちらりとアガットを見ると、彼は驚いていない。

（ということは……アガットが連れてきた？）

「マリィから聞きました。……クラム」

「オイラ、あやまんないからな！」

クラムが言った。

目には涙を浮かべていた。

「あの……テレサ先生、どうか怒らないであげて下さい」

クローゼの言葉に、テレサ院長は静かに首を振った。

「いいえ。叱っているのではありませんよ。ねぇ、クラム。よく聞いて。気持ちは判ります。それでも、あなたが犯人に仕返ししても、あの家は戻ってこないわ」

テレサ院長はゆっくりと諭すように言い聞かせた。

「あなたたちさえ無事なら、先生は他には何も望まないから。だからクラム。もう、危ないことはしないでちょうだい」

　クローゼの腰の後ろに隠れていたクラムは、テレサ院長の言葉を聞いて顔をくしゃりと歪めた。そのまま院長の元へと駆け寄ると、腰に抱き着いてわんわんと泣きはじめる。クラムだって、不良たち相手に啖呵を切って怖くなかったはずはない。緊張の糸が切れたのだろう。

「うわぁああああん！」

「本当に、無事で良かった……」

　泣き続けるクラムの背をテレサ院長は優しくさすりつづけた。

　クラムを連れてさっさと倉庫から出ていくようにアガットがエステルたちに言ってくる。

「それは構いませんけど。アガットさんはどうするんですか？」

「決まってるだろ？」

　言いながら、アガットはまだ倉庫の床に叩きのめされたままの男たちや、遠巻きに見ている不良たちを睨みつけた。

「このバカどもが犯人かどうか確かめるんだよ。お灸を据えてやりながらな」

　その眼光の鋭さに、男たちが震えあがった。

「なるほど……」

　ヨシュアが頷いた。

　エステルたちは後をアガットへと任せることにする。彼の強さをエステルたちは充分に知っている。不良たちはたっぷり後悔することになりそうだ。

そのまま大橋を渡って、テレサ院長とクラムを街の門まで送り届けた。

エステルとしては、本当はマノリアの村まで送りたかったけれど、院長先生は大丈夫だからと断ったのだった。

「クローゼ、あなたは学園祭が近いのでしょう？　この子たちだって楽しみにしているのだから、頑張ってちょうだい」

そう言ってクラムの頭を撫でる。クラムがくすぐったそうに目を細めた。いつものイタズラっ子の顔はどこへやら、だ。

別れ際にクラムがぽつりと言う。

「オイラ、弱っちいクセに仕返ししようとしてさ……。かえって姉ちゃんたちに助けられちゃって。……ホント、みっともないよな」

「みっともなくなんかないさ」

意外なことにそう言ったのはヨシュアだった。

「え……？」

「大切なものを守るために身体を張りたくなる気持ち……男だったらあたりまえの事だよ」

「ヨシュア兄ちゃん……」

「僕は、君のことをすごくカッコイイと思った」

ヨシュアが言った。それから、犯人捜しは自分たちがやるから、君は君にしかできないやり方で先生や子どもたちを守るべきだと諭す。

しばらく言葉なく考えこんでから、クラムは判ったとひとつ大きく頷いた。

テレサ院長とクラムはマノリアの宿屋へと帰っていった。

†　†　†

真相を知りたいというクローゼとともにエステルたちは遊撃士協会の支部に戻る。

そろそろアガットが戻ってきていると思ったのだ。しかし、扉を開けると中で待っていたのは受付のジャンだけだった。

(そういえば、ジャンさんに倉庫の場所を聞いたって言ったわよね、あいつ)

ジャンに尋ねると、微笑みながら言う。

「うん。別件でルーアンに来たところみたいだったけどね。君たちが来てから少しして院長先生がいらして、それからアガットが来たんだよ。放っておくと、あの院長先生、ひとりで行きそうだったし。むりやり頼んだのさ。何せヤツは《レイヴン》のリーダーを務めていたからな」

「やっぱり！　チームを抜けた、とか言ってたもんね」

ヨシュアも納得したようだ。

「昔のことだけどね。けっこうあいつもやんちゃしてたんだよ」

ジャンが懐かしむような口調で言った。

「そ、そんなやつがよく遊撃士になったわね」

「まあ、ある人と知り合ったのがきっかけでね。それから遊撃士を志して、今じゃすっかり若手のホープだ。人間、変われば変わるもんだよな」

(し、信じられないんですけど！)

意外な過去話だった。

「余計なお喋りは、そのくらいにしておけっての」

ぎくりと身をすくませたのはジャンだ。声に振り返れば、入口の扉を開けてアガットが立っていた。不機嫌そうな顔をしている。

「ったく、好き放題ぺらぺらとしゃべりやがって……」

「いや僕は、嘘は言ってないよ、嘘は」

ぎろりと睨まれた。

「あー、そ、それよりも取り調べは終わったのかい？」

露骨に話を逸らされて、アガットはふんと鼻を鳴らした。

「相変わらず人を喰ったヤツだ」

「はは。誉め言葉と受け取っておくよ」

「まあいい。……あいつらはシロだ。間違いないだろう」

「ホントに〜？　昔の仲間だからって庇ってるんじゃないでしょうね？」

「見くびるんじゃねえ。裏もとった。昨日の夜、船員酒場で呑んだくれていたって証言もある」

「そして、酔った勢いだけでは、あのような周到は放火はできない、ですか……」

　ヨシュアがアガットの推理の後半を先回りして言った。

　アガットがヨシュアを睨むが、その眼差しには感心したような色が見えた。

「そういうことだ」

「なるほど。とりあえず保留にしても良さそうですね。それに、放火までするほどの度胸がある人たちにも見えなかったし」

「あ、確かに」

「まあ、俺が睨みを利かせておくさ。犯人捜しのついでにな」

「へ？」

「この件は俺が預かる。お前たちには手を引いてもらう」

　アガットが言った。

「あ、あんですってぇ！　ちょっとぉ、なに後から来てタワケたこと言ってんの！」

「納得できる説明を聞かせてもらいたいですね」

　エステルとヨシュアの反論を、アガットは黙って聞いていた。それから視線をクローゼへと移したかと思うと、ふたたびエステルたちを見つめてきた。咎めるような眼差しを見て、激昂していたエステルの頭がすうっと冷える。

「おまえたちは私情を挟みすぎだ。ただの民間人を戦闘に巻き込みやがって……」

「う……、そ、それはその」

反論できなかった。クローゼも俯いてしまう。

「すみません、私……」

「あんたが謝る必要はねぇ。こいつらの心構えの問題だ」

「……僕たちもそれなりの戦力になると思いますが。せめて手伝いを……」

ヨシュアがそれでも食い下がってくれたが、アガットは、自分の調査には人手は必要ないとあっさり切り捨てた。

「正遊撃士と準遊撃士が同じ任務を希望した場合は正遊撃士が優先される。規約を知らないわけじゃないだろうな？　判ったら、話は終わりだ。悪く思うんじゃねーぞ」

そう言って、アガットは扉を開けて出ていった。

扉が閉まるまで耐えていたが、アガットの背中が見えなくなると、大声で叫んでしまう。

「な、な、何様のつもりよ、アイツ！」

握りしめた手が震えていた。

「悔しいけど、彼の言い分は間違ってはいないからね……」

「すみません……私が剣を抜かなかったら」

クローゼが頭を下げながら言った。

「それは関係ないってば。こ、事あるごとにあたしたちを目の敵にして……ほんとに、もう、もう、もうってば～～～！」

（腹立つよ～～～！）

怒りに震えるエステルを宥めるようにジャンが言ってくる。

「まあ、彼も悪気はないんだ。それに、どうやら今回の件……ヤツが追っている事件と関係があるかもしれなくってね……」

「え……」

「アガットさんが？」

「そういえば……別件でルーアンに来たってさっき……」

「詳しいことは話せないんだが、申し訳ないけど犯人捜しはヤツに任せてほしい」

そう言って頭を下げられてしまった。

（ちょ、ちょっと、そこまでされちゃったら反論できないじゃない）

エステルはアガットを見返したくて文句を言っているのではない。

「院長先生とあの子たちのために何かしたいって思ってたのに……こんなのって……」

残念すぎる。

唇を噛んだ。

「エステル……」

ヨシュアが気遣うように声を掛けてくれる。アガットの言い分が正しいことはエステルにだって判る。判るからこそ悔しい。

（院長先生や子どもたちと約束したのに……。何もするな、なんて！）

手のひらが痛くなるほど拳を握りしめてしまう。

「あ……」

クローゼが何かを思いついた顔をして、ジャンのほうへと振り返ると問いかける。

「あの、じゃあ、民間の行事への協力というのはありなんでしょうか」

「ん？　そうだな。内容にもよるけど、そういう仕事も無論あるよ。王立学園の学園祭なんかは大勢のお客さんが来るから、うちが警備を担当してるしね」

ジャンの答えを聞いて、クローゼはエステルたちのほうへと顔を向ける。

「でしたら……、エステルさん、ヨシュアさん。その延長で、私たちのお芝居を手伝って頂けないでしょうか？」

いきなりそんなことを言った。

話が見えなくて、一瞬、怒りを忘れてエステルは目を白黒させてしまう。

（し、芝居の手伝い？）

「どういうこと？」

「毎年、学園祭の最後には講堂でお芝居があるんです。あの子たちも、とても楽しみにしてくれているんですけど……。実は、とても重要な二つの役が今になっても決まらなくて」

「も、もしかして……」

「その役を、僕たちが？」

「はい」

「え？　え？　え？　ちょ、ちょっと待って！　なんでいきなりそーなるの？　あたし、自慢じゃないけど、お芝居なんてやった事ないよ！　なんであたし⁉」

「役が決まらない理由があるんです。台詞は少ないんですけど、お芝居のストーリー上、片方のその役は武術をこなせる必要があって。そこが見所のひとつでもあるんですけど。でも、そこまで武術に長けている生徒って、さすがに居なくて……」

「それはそうだろうね。名門校だから剣術の初歩くらいならば学んでいる生徒もいるだろうけど……」

「そうなんです。同じ年齢だと、エステルさんたちみたいに実戦までこなしているような生徒まではさすがに。でも、それくらいの腕前の方が欲しいんです」

「学生の本分は勉強だからね」

　ヨシュアがまるで生徒たちの親のようなことを言った。

「でも、エステルさんだったら上手くこなせると思うんです」

「な、なるほど……確かに武術だったらちょっぴり自信あるけど……」

台詞が少ないのなら、なんとかなるかもしれない。

「このままだと中止になってしまうかもしれなくって。あの子たちも毎年楽しみにしているのに……」

そこまで聞いてエステルはその気になりつつあった。

落ち込んでいるあの子たちを楽しませることができるのならば、こういう役割もありだろう。ヨシュアだってクラムに言っていた。君は君にしかできないやり方で先生や子どもたちを守るべきだ、と。これはエステルだからこそ可能な役割かもしれない。

「確かにピッタリだと思うよ。で、もうひとつの役は?」

ヨシュアの問いかけに、何故かクローゼは俯いて口籠ってしまった。

「そ、それは……その。私の口から言うのは……」

「言うのは?」

「は……恥ずかしい、です」

今度はヨシュアが目を白黒させた。頬をつっと汗がひとつ伝い落ちる。

「恥ずかしい? そ、それってどういう意味……」

いつもは冷静沈着なヨシュアが珍しく焦っていた。

「もー、ヨシュアってば、しつこいのは嫌われるわよ。お祭りにも参加できて、あの子たちも喜んでくれる。しかも、ちゃんと遊撃士のお仕事なんて、一石二鳥ってやつじゃない？　こりゃ、やるっきゃないよね」

「ちょっと待って。ジャンさん……あの、これはさすがに……」

助けを求めてヨシュアがジャンを見た。

けれども、《重剣》のアガットに『人を喰ったヤツ』と評されたジャンはあっさりと言う。

「もちろん、アリさ」

「なっ……」

ヨシュアが絶句した。

「民間への協力、地域への貢献、もろもろ含めて立派に遊撃士の仕事だよ」

「お芝居に出ることが、ですか？」

「お芝居に出ることも、だよ」

さらりとジャンが受ける。

「王立学園のクライマックスを飾るお芝居といえば有名でね。地方の名士たちも来賓として観に来たりするほどなんだよ。学園祭の警護をさりげなくこなすにはいいかもしれないね」

立て板に水で説得にかかった。

「まあ、アガットが来てくれたんで、たいていの任務は彼ひとりでこなせるってのもあるけど」

ちらりと本音も混ざった。

「ぐ……。判りました。何だかイヤな予感がするけど。あの子たちのためなら頑張らせてもらうしかないか」

ついにヨシュアも折れる。

「学園祭はこの週末です。練習もありますし、時間がありません。これからすぐに向かうということでよろしいでしょうか?」

「まあ、エステル君たちには直近で取り掛かってもらう任務もないし。何か人手がいりようだったら、学園のほうに連絡を入れさせてもらうよ」

ジャンの最後の一押しに、エステルたちはそのまますぐにジェニス王立学園へと向かうことになった。最低限の武具は身に付けたままだし、孤児院を調査に行った帰りだから旅支度もそのままで間に合う。

放火犯の動機や行方は気になっているけれど、エステルは既に乗り気になっていた。なによりも、何もできないと思っていたところに、できることが見えたのがエステルには嬉しかったのだ。たぶん、無力感でいっぱいだったエステルを気遣って、クローゼもこの唐突な提案をしてくれたのだろう。

エステルは、人々の役に立つために遊撃士になりたいと思った。嫌がる道理はなかった。

第十一幕　ジェニス王立学園

ジェニス王立学園は主街道を逸れて、森の中の細い道を歩いた先にある。

クローゼが前に言っていたとおり、ルーアンの街からさほど遠くなく、道のりも平坦で危険は少なかった。

門の前に辿りついたときには放課後までまだ時間があり、生徒たちは校舎の中で授業を受けているようだった。校舎の前にある大きな中庭も、人影がまばらでしかも生徒たちの姿は見当たらない。

「なんて言うか……落ち着いた感じのいい場所かも」

「勉強をするにはもってこいの環境みたいだね」

「ふふ、まだ授業中ですから。もう少ししたら、途端に騒がしくなりますよ。学園祭まで日もないですし」

クローゼが言った。

なるほど、とエステルは思う。良家の子女が通う名門校といえど、自分と変わらない年頃なのだ、静かにできるわけがない。

「ほんとは真っ先にジルに紹介したいんですけど、まだ授業中ですから……」

「ジルって？」

「生徒会長です」

「あっ、思い出した。クローゼさんと首席を争っているっていう人ね！」

　ひやかしたつもりはなかったが、クローゼが真っ赤になった。

「そ、それはそうですけど。そうじゃなくてその……。ま、まずは学園長室にご案内しますね」

　王立学園の責任者であるコリンズ学園長の元へと案内された。

　遊撃士がお芝居を手伝うという前代未聞の出来事に、果たして許可が下りるのかと、学園長の前に立ってから不安になったが、エステルの心配は杞憂に終わった。それどころか、学園祭が終わるまで寮に寝泊まりしてもよいと言ってくれたのだ。

　やや緊張した学園長との面談を終え、エステルたちは校舎の脇にあるクラブハウスと呼ばれる二階建ての建物へと向かった。生徒たちの部活動などを支援するための施設だという。一階が食堂になっていて、二階に各部の部室や生徒会室などが入っている。

　まずは食堂で、伸ばし伸ばしになっていた食事を軽く取る。

　他愛もない世間話をしているうちに、終業を知らせる鐘が鳴った。そういえば日曜学校の始業と終業もこんな鐘が鳴ったっけとエステルは懐かしく思い出した。

　鐘の音とともに空気が変わった。静謐だった学園内に、ざわざわと活気が満ちてきて、クラブハウスには、部活動を始める生徒たちや早めの夕食を取ろうとする生徒たちが雪崩込んできた。あっという間に学生たちで一杯になってしまう。

「じゃあ、ジルに紹介しますね」

クローゼが立ち上がった。

食堂を出て、二階へと続く階段を昇り、エステルたちは小さな扉の並ぶ廊下に出た。「生徒会室」と書かれた板の掛かる扉へと案内してくれる。

中からは人の声が聞こえた。

「あ、もう来てますね」

クローゼが言った。

ノックをしてから扉を開ける。

「ただいま。ジル、ハンス君」

「あ、クローゼ!? 火事の話、聞いたわよ。大変だったそうじゃない」

そう言ったのが、正面のテーブルの奥に座っていた少女だ。細縁の丸い眼鏡を掛けていて、頭の後ろを赤いリボンでくくっている。

「院長先生とチビたちは大丈夫だったのか?」

向かい合うように座っていた少年が振り返りながら言った。

名前から察するに少女のほうがジルで少年のほうがハンスだろう。

孤児院の事を尋ねられたクローゼの顔が曇る。なんとか笑顔を絞りだすと、建物は燃えてしまったが院長先生や子どもたちは無事だった、と簡潔に伝えた。

「元気出しなさいよ。悩んでいたって仕方ないわ。それより、それなら尚のこと、チビちゃんたちが楽しめるよう、学園祭を成功させないとね」

眼鏡の少女が言った。その言葉にクローゼが頷く。

「よし！　あんたが本気を出せば百人力だから期待してるわよ」

椅子から立ち上がってクローゼに近づくと、どんと背中を叩いた。

「痛い、ですよ、ジル」

そう言いながらも、クローゼの顔に笑みが浮かぶ。先ほどのむりやり絞りだしたような笑顔に比べれば自然な笑みだった。どうやら、ジルはクローゼの良い友だちであるようだ。

「痛いってことは生きているってことよ。生きているんなら頑張んなきゃね！」

「ジルったら」

「わはは。んで、さっきから気になっているんだけど……。その人たち、どちらさま？」

探るような視線を受け、エステルのほうから口を開いた。

「初めまして。あたしはエステル」

「ヨシュアです、よろしく」

「それじゃあ、あんたたちがクローゼの言っていた……」

クローゼが頷く。

「約束通り連れてきたわ。二人とも協力してくれるって」

その言葉を聞いた途端に、ジルとハンスの顔が輝いた。

「いやぁ、助かったわー！　初めまして。私、生徒会長を務めているジル・リードナーといいます。今回のお芝居の監督を担当しているわ」

「俺は副会長のハンスだ。脚本と演出を担当している。よろしくな、お二人さん」

二人の喜びようは大きく、エステルのほうが驚いてしまう。その驚きを静める間もなく、眼鏡の少女——ジルがエステルのほうへと近寄ってくると、いきなり二の腕を取って、触ったり摘まんだりし始めた。痛くはないがくすぐったい。女の子同士とはいえ、いきなりの事にエステルはうろたえてしまった。

「ちょ、ちょっと。なに？」

「んー。遊撃士には見えないけど、運動は得意そう。剣は使える？」

「ま、まあ、それなりには……棒術のほうが得意だけど。いちおう父さんに習ったし」

「よっしゃ！」

ジルが片腕を突きあげて、満面の笑みを浮かべた。

「決まりね。あなたには、クローゼと剣で決闘してもらうわ」

「け、決闘!?」

「お芝居で、ですよ」

「クライマックスに騎士同士の決闘があるのよ。でも、クローゼと勝負できる女の子がいなくてねぇ」

「あー」

それはすごく納得できた。準とはいえ遊撃士であるエステルの目から見ても、クローゼの剣さばきは素人とは思えなかった。片方の騎士がクローゼでは、見劣りしない相手を学生の中から探し出すのは難しいだろう。

「この子、学内で行われたフェンシングの大会の優勝者だし」

「へぇ。すっごい！」

「ちなみに決勝で負けたのは、そこにいるハンスね」

「俺が弱いわけじゃないぞ。クローゼが強すぎるんだって」

「あくまで学生レベルの話ですから……」

そう言ってクローゼは謙遜したが、実際に見たエステルの感想でもクローゼの腕は学生のレベルを越えている。なるほど相手役がいないというのも納得できた。

「それにしても女騎士同士の決闘がクライマックスなんて、ユニークなストーリーだね」

ヨシュアのちょっとした感想を聞いたハンスが真面目な顔になって首を捻った。

「女騎士？　なんの話だ？　二人に演じてもらうのは、れっきとした男の騎士役だぜ」

「え」

ヨシュアの顔から、にこやかな笑みが引っ込んだ。

「あの……聞いてもいいかな？　騎士役の女性を探していたんだよね？」

　ジルとハンスが同じ動きで頷いた。

「そうよ」

「そうだぜ」

　クローゼが急に顔を伏せてしまう。

「え？　え？」

　エステルは珍しいものを見ていた。うろたえるヨシュアの顔という。

「しかし、エステルさんもぴったりだけど、ヨシュアさんの方はもう文句の付けようがないわね。これは……期待できるわよ」

「ああ、俺は今かつてないほど、この劇の成功を確信してるぜ」

「ちょ、ちょっと。ええと、その劇……どういう筋書きなのかな？」

　ヨシュアの顔に浮かんだ疑問符にようやくジルが気付いたようで、彼女は劇のあらましを語り始めた。

「題名は『白き花のマドリガル』よ」

　その題名を聞いて、ヨシュアがかすかに頷いた。さすがに読書家だけあって、内容を多少なりとも知っているらしい。身体を動かすほうが好きなエステルはもちろん初耳だ。

「貴族制度が廃止された頃の王都を舞台にした有名な話なの。貴族の騎士と平民の騎士による王家の姫君をめぐる恋の鞘当て……」

「三角関係ものなの？」

エステルはそこだけ反応してしまった。

「そうそう。しかも、この三人は身分違いだけど、お互いが幼馴染みでさ。これに、貴族勢力と平民勢力の思惑と陰謀が絡んできちゃうわけ。恋のドキドキあり、陰謀のハラハラありの、笑いと涙とアクションと！　これぞ大衆娯楽っていう！　もちろん最後は大団円。文句なしのハッピーエンドよ！」

「へぇ。面白そうじゃない」

「で、でも、あの話はふつうに騎士は男だよね。なぜそれを女の子が？」

ヨシュアは間違いなく焦っていた。

だが、ジルとハンスは二人して互いの目を見交わすと、にんまりと微笑んだのだ。

「おほん！　それが今回の学園祭ならではの、独創的かつ刺激的なアレンジでね。男子と女子が、本来やるべき役をお互い交換するっていう趣向なのさ」

「これは性差別からの脱却、つまりジェンダーからの解放を意味してるの！　……って、理屈こねてむりやり企画立てて通したら、通っちゃった。てへ」

「で、その本音は？」

「そのほうが面白そうだから！」

胸を張ってジルが言った。

「ジルったらもう……」

「こんなヤツが生徒会長とは世も末だよな」

「その代わりにこの一か月、舞台のあれこれを整えるために睡眠を毎日四時間に抑えたわ！　配役も学内アンケートを参考にして厳選したし、大道具小道具の予算も生徒会費の全支出を調べなおして捻出した！　やるからには、全生徒を楽しませるべく全力を尽くす！」

「そのうち身体壊すぞ」

「ふぇ～～～っ」

まるで魔獣の行き交う荒野をわずかな仮眠で野営しながら探索している遊撃士のようだ。

「これでいて、学内テストで首席を譲らないんだからなぁ」

「当然よ。だって、生徒会長だもの！　学園祭を言い訳にして成績を落とせないわ。私はできる生徒会長の座を譲るつもりはないもの」

「ジルったらもう……」

呆れたような口調で、クローゼが同じ言葉を繰り返した。ただ顔は嬉しそうだ。

「あはは。うん、でも確かに面白そうかも」

すっかり雰囲気に流されて、エステルは芝居が楽しみになった。けれど、たったひとりだけ雰囲気に流されていない者がいたのだ。

「ちょ、ちょっと待った！」

　ヨシュアがますます困惑した顔で問いかける。

「その話の流れで言ったら、僕が演じなくちゃいけない『重要な役』っていうのは……」

「いやぁ、ホント助かったぜ」

　副会長が満面の笑顔で言った。

「クローゼ、ありがとね。いい人を紹介してくれて。ここで断られたら、もう劇には間に合わないところだったわ」

　生徒会長がさりげなく逃げ道を塞いだ。

　既に夕暮れになっていて、夕日が窓を越えて部屋の中のすべてを赤く照らしていた。

　その中でヨシュアの顔だけが青い。

「まさか……」

「あ、あはは……。ごめんなさい、ヨシュアさん……」

　俯いていたクローゼが顔をあげて言う。

「その……、王家の姫君を違和感なくできる男の子がいなくて。ヨシュアさんだったら、ほら……その、ね？」

「お、女役……」

「だ、大丈夫です！　私、思うんです。ヨシュアさんだったら絶対お綺麗だと！」

いや、その励ましはどうだろう、とエステルは思う。案の定、クローゼの言葉に、ヨシュアはがっくりと項垂れた。

「ようし。この演目で、このメンバーなら勝てる！」

ジルが気炎を上げる。

「何に勝つ気なんだか」

「そこの副会長！　すぐに衣装合わせよ！　役者に合わせて直さないと！」

「はいはい」

既に二人ともヨシュアの返事を聞く気はないらしい。

ヨシュアが黙ってため息をついた。

週末の学園祭まで——あと四日。

†　†　†

衣装合わせを済ませた頃には夜になっていて、夕食を済ませてからエステルは女子寮にヨシュアは男子寮に向かった。

「では、エステルさん。このベッドを使ってください」

「ありがと」

エステルはクローゼに向かって素直に頭を下げる。

女子寮の一室をエステルは寝泊まりに使ってよいと言われた。その一室はクローゼとジルの部屋だった。二人はルームメイトだったのだ。

「ジルさんと道理で仲がいいわけね」

「ふふ。学園に入って以来の仲です」

「ルームメイトにして腐れ縁ってところかしらね。ベッドに空きがあるのが、この部屋だったし、ちょうどいいよね」

「うん。充分よ。旅をしているとベッドで寝られるだけでありがたいって思うわ」

エステルが言うと、ジルとクローゼが感心したような顔になった。

「な、なに?」

「いや、やっぱり遊撃士だなって……ところでエステルさん、ひとつ提案があるんだけど」

ジルが指を一本立てて言ってくる。

「私のことはジルって呼んでくれるかな。私もエステルって呼び捨てにさせてもらうから」

「わかった。そうさせてもらうわ」

「でしたら、私のこともどうか呼び捨てにしてください」

「そう?　だったら、ジル、クローゼ。しばらくの間、よろしくね」

微笑みかけると、クローゼも笑みを返してくれた。今日一日でずいぶん仲良くなれたなぁとエステルは感慨深い。

「まあ、女所帯だし、気楽にしてくれていいわよ。男どもの目もないしね」

「だからと言って、だらしないのは違うと思うの」

「はあ、いい子ちゃんは大変だね。寮にいるときくらいその被った猫の皮を外して虫干ししたほうがいいわよ？」

「猫なんて被ってません。そんなことを言う子には、お菓子焼いてあげないから」

「あ、うそうそ。冗談だってば」

「だーめ、反省しなさいっ」

「私がわるぅございましたぁ！」

それまで並んでベッドに腰掛けていたクローゼとジルだったが、ジルのほうがベッドにぴょんと乗ると、正座して深々と頭を下げた。

「もう！　ジルったら……あら？　どうしたんですか、エステルさん？」

「あはは。いやあ～～～、なんだか羨ましいなって思っただけ」

「羨ましい？」

ジルがきょとんとした顔つきになった。

（そっか。この人たちにはこれが当たり前なんだ……）

「あたしだってロレントに仲のいい友だちはいるけど、あなたたちみたいにずっと一緒でいられるような友人はいなくて」

ロレントの街に出たときには、年下の男の子たちを引き連れて、街中を駆け回るほうが多かったし。とそのあとに続くのだが、そこは言わないでおく。家の近くは野山で、お隣さんまで歩いて半日かかることも置いておく。

「………クローゼ、今のエステルの発言をどう思う？」

「どうって……、エステルさんに羨ましがられるのは、ちょっと納得いかないような」

「だよねー」

「です」

二人して納得し合っていた。

「へ？」

「あ、やっぱり判ってやがらないでやんの」

「な、なにが？」

「あんたねぇ……。自分が、誰と一緒に旅をしているか判ってる？　しかも、自宅ではひとつ屋根の下で暮らしていたんでしょーが」

「え……」

ようやくエステルにも話が見えた。

「それって、もしかしてヨシュアの話？」

「もしかしなくてもそうです」

「あんな上玉の男の子といつも一緒にいるくせに、女所帯を羨ましがるとは……もったいないオバケが出るわよ？」

「も〜、何言ってるかなぁ。ヨシュアはあたしの兄弟みたいなものだってば。何年もの間、家族同然に暮らしてきたんだから」

「ほほう、家族同然ね……あんたがそのつもりでもヨシュア君はどうかしら？」

　にやりと目を細めてジルが言った。

「え」

「ほら、あの年頃の男の子って、抑えが利かないって言うし。あんたみたいな健康美あふれた子が側にいたら色々とつらかったりして……。判る。判るわぁ。抑えきれない悶々とした青春の懊悩を抱えて日々を過ごす美貌の少年！　萌える！　ねえねえ、エステル、どうよ？」

「ど、どうって…………え？」

　そのときまでエステルは、そんなこと考えてみたことがなかったのだ。

（ヨシュアのほうは……どう思っているか……？）

　エステルは、ごく単純にヨシュアは自分と同じだと思っていた。つまり姉と弟としか見たことがない、と。信じ込んでいた。だが、エステルがヨシュアではないように、ヨシュアはエステルではない、のだ。

（か、考えたこと、なかった……）

そして、一度考え始めると、止まらなくなってしまった。

「もう、ジル！　ごめんなさい、エステルさん。ジルってば、興が乗ると人をからかう悪い癖があるんです」

「ぶーぶー」

ジルが盛大なブーイングをかました。

「何か文句でも？」

抑えた口調が逆に怖い。

「……ありません」

「あ、あはは。そ、そうだよね、からかわれているんだよね。もぅ、ビックリさせないでよ。そんな、まさかねぇ。ヨシュアが……だなんて」

「ふっふっふ。意識してる、意識してる」

「ジル！」

とうとうクローゼが声を張りあげた。短い髪を振り回して、いいかげんにしなさい！　と怒鳴りつける。

「うへぇ。さ、さぁてと、明日も忙しいし、さっさと寝ようっと。二人ともお休みぃ」

さっさと自分のベッドに戻ると、布団をかぶって寝たフリを始めた。

「もう！　調子いいんだから……。そうだ、エステルさん、私のでよかったらパジャマ貸しますけど……」

エステルの耳にはクローゼの言葉が届いていない。なんどか話しかけられて、ようやっとぼんやりとクローゼの顔に焦点があった。

「エステルさん？」

「ふぇっ!?　あ、ああ、パジャマね。うん。貸してくれると嬉しいかな」

パジャマを借りて、エステルはベッドに潜りこんだ。

忙しい一日だった。

朝に孤児院の火事を知りそのまま現場へ見に行った。昼にマノリアの宿屋でテレサ院長と市長のダルモアに会ったっけ。クラムがひとりで《レイヴン》の不良たちの処に殴り込みに行ったのを知り、追いかけた。そうしたら、途中からアガットがやってきた。

院長先生とクラムを見送ると、今度は王立学園の文化祭を手伝うために学園まで行くことになり、そうしたら――ヨシュアがお姫様役に決まって。

（似合ってたなぁ）

衣装合わせで着た姫君の白いドレスはヨシュアにぴったりで、うすく化粧をされた顔は、ため息が出るほど綺麗だった。

あれでは弟というより妹だ。しかもエステルより美人の。

弟……。


『あんたがそのつもりでもヨシュア君はどうかしら？』


ジルの言葉が耳の奥で蘇る。

大変な一日だったはずだ。疲れていて、すぐにも眠ってしまうかと思ったけれど、エステルは目が冴えてしまって全然寝付けなかった。

ぐるぐると頭の中でジルの言葉が回っている。ようやく眠気が訪れたのは、時計の針が十一時を回ってからだった。

夢のない眠りへと落ちる。

明け方に一度だけ目が覚めた。

かすかなペンの走る音。そうっと顔を動かすと、手元だけ照らすように明かりを絞って、ジルが劇の台本らしきものにペンを走らせていた。おそらく、役者が決まったので、それに合わせて芝居のプランを変更しているのだ。監督の意向に合わせて、ハンスが台本を書き直すことになるのだろう。どうやら四時間睡眠は本当だったらしい。

ジル・リードナーの横顔には、エステルをからかっていたときの表情とは別の顔が浮かんでいた。

ジェニス王立学園生徒会長の顔だ。

見つめているうちにエステルのまぶたが重くなってくる。いつの間にかうとうとしてきた。

ふたたび眠りの淵をすべり落ちてゆく。

ヨシュアの顔が一瞬だけ頭に浮かんだ。その顔は、父が連れてきたときの、すこし拗ねたような表情の、手間のかかる弟だと思っていたときの顔とはちがっていて。

なんだか別人を見ているみたいな気が、した。

† † †

エステルにとって一度は過ごしてみたいと思っていた学園生徒としての日々。

それは、まるで夢のようにあっという間に過ぎていった。

朝、一緒に目覚めて、昼には特別に授業も受けさせてもらった。食堂でランチを共にして、他愛ないお喋りを繰り返した。

そうして放課後になると、厳しい劇の練習が夜まで続く……。

遊撃士のときとは異なる筋肉を使うために、エステルは意外なことに筋肉痛にまでなってしまった。芝居というのは思ったよりも激しい運動らしい。少ないはずだった台詞は脚本の書き直しで倍ほどに増えていたが、エステルはなんとか頭の中に叩き込んだ。

最初に見た脚本より、ずっとよくなったとエステルも思う。ハンス君にはどうやらお話を作る才能があるようだ。鬼監督の振るう言葉の鞭のおかげかもしれないが。

そして、学園祭の前日になった。

講堂の正面にある舞台の上で、エステルとクローゼは二人だけで睨みあっていた。

言葉を投げつけあうと、次には互いの剣をぶつけあい、一歩も引かない。何度か切り結んだうえで――ここで剣を合わせるのにいつも失敗していた――互いの剣をぶつけあう。

つば競り合いになった。

睨み合ったエステルとクローゼの緊張した顔がゆるむ。同時に「はあぁ」と息を吐いた。

剣を離して距離を取ると、二人の全身から緊張と力が抜けた。

「やった〜っ。ついに一回も間違わずに、ここのシーンを乗り切ったわ！」

「ふふ、迫真の演技でしたよ」

クローゼが誉めた。

エステルは、首を回して壇の上から講堂を見下ろした。明日の芝居のために、椅子がぎっしりと並べられている。まだ誰も座っていない空っぽの客席だ。だが、明日には訪れた人たちで一杯になるのだ。

「いよいよ、明日は本番ですね。先生とあの子たち、楽しんでくれるでしょうか……」

「ふふ。院長先生たちを本当に大切に思ってるんだね……まるで本当の家族みたい」

　エステルの言葉にクローゼは不意に黙り込んだ。

「あ、ごめん。変なこと言っちゃった?」

「いえ……。エステルさんの言う通りなんです。家族というものの大切さを私は先生たちから教わりました……。私、生まれて間もない時に両親を亡くしていますから」

「え……」

「引き取ってくれた親戚は裕福で何不自由のない生活でしたが……家族がどういうものなのか私はまったく知りませんでした」

　クローゼの言葉は母を亡くしたエステルにも判る。不自由のない暮らしであることと、淋しくないことはイコールではない。

「そう、十年前のあの日……先生たちに会うまでは」

「十年前……まさか《百日戦役》の時?」

　クローゼが頷いた。

　帝国との激しい戦争のときだ。あの戦争で、エステルも母を失った。

「ちょうどあの時ルーアンに来ていたんです。帝国軍から逃げる最中に、知っている人ともはぐれてしまい、テレサ先生と、旦那さんのジョセフさんに保護されました」

「そうだったんだ……」

戦争が終わり、孤児院で保護されていることを知った親戚が迎えに来るまでの数か月、クローゼは、テレサとジョセフとそして子どもたちと共に暮らした。

その数か月でクローゼは家族というものを知ったのだ。

血の繋がりはなかったけれど、マーシア孤児院の人々はみな温かく、凍てついていたクローゼの心をゆっくりとほぐして溶かしてくれた。

間違いなくそのときから、あの孤児院はクローゼにとって『ホーム』になったのだ。

エステルはクローゼの話を黙って聞いていた。

クローゼはしばらく昔を思い出すかのように遠い目をしていたが、「そういえば」と話題を切り替えた。

「ヨシュアさん、お芝居の経験がおありなんですか？　すごく上手ですよ」

「あ、うーん。あたしも、出会うまでの事は良く知らなかったりするのよね。あんまり喋りたがらないし」

そう答えたら、クローゼがすまなそうな表情になってしまった。

「あ、気を使わないでいいよ。うーん、確かにヨシュアは何でもそつなくこなすタイプかな。ホント、いつも余裕綽々で可愛くないってゆーか。そのぶん、たまに慌てたりするときなんかは、可愛かったりするんだけどね」

聞いていたクローゼがくすりと小さく微笑む。

「どうしたの？」

「お互いのことをよく見てるんだな、って」

「そ、そうかな。姉弟だったらふつうじゃない？」

「姉弟……そうでしょうか」

「や、やだな～。ジルみたいなこと言わないでよ。クローゼまであたしをからかって」

そう言ったら、なぜかクローゼは黙り込んでしまった。

「……ああ、ここに居たのか」

その声に、エステルの心臓がどきりと跳ねる。クローゼと共に声のほうへと振り返ると、講堂の入り口にヨシュアとハンスがいた。

「捜したよ。そろそろ夕食の時間だから」

ヨシュアが言った。

「明日は本番だしな。練習熱心なのはいいけど、疲れを残さないことも大切だぜ」

そうハンスが言い添える。

エステルもクローゼも素直に頷いた。

「判りました。クラブハウスで食べましょう。そういえば……ジルはどこに？」

クローゼが親友の所在を尋ねる。

「ああ。学園長と打ち合わせがあるとかで、学長室に行ったぜ」

「コリンズ学園長と？　何でしょう……」

　クローゼが首を捻った。

「とりあえず着替えようよ。この格好じゃ歩き回れないし」

「ふふ。そうですね。では、着替えてからジルを迎えに行きましょう。ハンス君、ヨシュアさん、先に食堂に行っていてください」

　二人ともが頷いて、講堂から出て行った。あの二人も最近かなり仲良くなったようだ。エステルや父を除いては、あまり積極的に他人とは関わらないように見えるヨシュアにしては珍しい。学園祭というものがもつ、独特の空気のせいだろうか……。

　着替えを済ませて学長室に赴き、ジルを拾ってから食堂へ。一足先に向かったヨシュアとハンスがテーブルを確保してくれていた。

　たっぷり食べて、早めに寝床に就く。

　そうして、学園祭当日の朝がやってきた――。

†　†　†

　学園内はお祭り色に染められていた。

　校舎の外壁には訪れる人々を歓迎する大きな垂れ幕が吊り下げられ、色とりどりの旗や花がそこかしこに飾られている。

中庭には、いくつもの屋台が出ていて、生徒たちが作る料理や菓子を訪れる客たちへと売っていた。この手の店は、お祭りだと通常価格より割増しになっていたりするものだが、そこは名門校らしく、原価に少額の手数料を上乗せしただけの良心価格だ。訪れる客の中には学園の近隣に住む子どもたちも多いから、彼らにとっては嬉しいことだろう。歓声をあげて屋台に群がっている。

「はいはい。押さないで。充分な数はあるからねー。はい、ボク。どうぞ」

水あめを手渡された男の子が顔を破顔させて喜んでいた。

陽気な音楽が校舎の端のほうから聞こえてくる。吹奏楽部の奏でる音楽だった。この日のために彼らも練習を重ねてきた。年に一度の大きな発表会である。

エステルとヨシュアは、校舎に入ってすぐのロビーにいた。クローゼも一緒だ。

「まだ時間はありますから、お二人で見て回ってきてもいいですよ」

クローゼがそう言ってくれる。

「えっ、いいの!?」

喜ぶエステルに、ヨシュアが釘を刺してきた。

「まあ、建前としては学園祭の警護も仕事の内だから羽目は外し過ぎないようにね」

「わ、判ってるってば」

ヨシュアに向かってそう答えつつも、祭りの雰囲気に気持ちが浮き立ってしまうエステルである。

ちなみに遊撃士協会から派遣されてきた正規の警護員は、支部を訪れたときに初めに会った赤いバンダナを巻いた女性遊撃士のカルナだった。つい先ほど挨拶を済ませている。

「あっ、お姉ちゃんたち！」

子どもの声に振り返ると、見た顔の子どもたちが駆け寄ってきた。

「みんな……来てくれたのね！」

クローゼが、腰に抱き着いてくる子どもたちを抱き返しながら言った。すでに屋台でお菓子を手に入れてきている子もいる。

「よく来たわね、チビっ子ども！」

「どう、楽しんでるかい？」

ヨシュアが尋ねると、子どもたちは口々に「楽しい」「お腹いっぱい」と言ってくる。

彼らの背後からテレサ院長が現れた。

「ふふ、こんにちは」

笑みを浮かべて挨拶をされた。その顔は倒れていたときよりも、随分と晴れ晴れとした表情になっていた。エステルはほっと安堵の息をついてしまう。

「今日は招待してくれて本当にありがとうね。子どもたちと一緒に楽しませてもらってますよ」

「まだマノリアの宿屋にいるの？」

「はい。宿の方のご好意で格安で泊めていただいています。ですが……」

そう言って、テレサ院長は口籠った。

言いたいことがあるのに言えない、そんな顔をしていた。それを見てヨシュアが子どもたちに舞台衣装を見せてあげると言い出した。彼らを連れて、講堂の控え室へと連れていく。

「ふふ、ヨシュアさんは本当に気が利く子ですね。ちょっと、子どもたちの前では言いづらいことだったので……」

ヨシュアたちの姿が見えなくなると、テレサ院長が重い口を開いた。

「それじゃ、ひょっとして……」

「ええ、市長のお誘いを受ける決心がつきました」

ルーアンを離れて王都へと移るつもりだと告げる。

クローゼが一瞬だけ傷ついたような表情になる。だが、そんな表情を見せるわけにはいかないと思ったのだろう。すぐに元の顔に戻った。いちばん辛いのはテレサ院長のはずだから。

それでも、ミラを貯めていつかは孤児院を再建するつもりだと言った。

「院長先生……」

エステルは何も言えない。言葉を見つけられない。

「さて、と……。あの子たちを迎えに行かないと。いつまでもヨシュアさんの手を煩わせるわけにもいきませんしね」

　微笑むと、エステルたちに案内を頼むと言ってくる。

　講堂まで向かう間、何を話していいのかも判らずに、エステルもクローゼも口数少なく歩いた。

　控え室の扉を開けると、子どもたちが待っていた。衣装係の生徒がちょっとほっとした顔になる。子どもたちはおとなしくしていたようだが、それでも衣装を壊されてはと気が気ではなかったらしい。

「…って、あれれ？　ヨシュアは？」

　姿が見えない。

「オイラたちをここに連れてきてから、どこかに行っちゃったぜ」

　エステルは胸騒ぎを覚えた。

（この子たちを放りだしていくような性格じゃないはずなのに）

「あたし、どこに行ったか知ってるよー」

　そう言ったのは孤児院の女の子のひとりだった。ポーリィという名の女の子だ。はきはきした口調のしっかりした子。

「ヨシュアお兄ちゃんは、銀色のお兄ちゃんをさがしにいったんだよー」

「は？」

（銀色のお兄ちゃんって……なに？）

　エステルの胸騒ぎが強くなる。嫌な予感がしてしまう。

「火事があったときにポーリィたちを助けてくれたお兄ちゃんだよっ」

　そのひとことで思い出した。テレサ院長が語っていた人物のことだ。燃える建物からの脱出を助けてくれたという。手際の良さから、放火犯ではないにしろ、只者とは思えなかった。その人物がここにいたというのだろうか？

　エステルとクローゼは、テレサ院長に断ってから、ヨシュアを追ってみることにした。

　講堂から出たところで、クローゼがいったん立ち止まって、空に向かって叫ぶ。

「ジーク！」

　空高く舞っていたシロハヤブサが降りてきてクローゼの腕に止まる。

「ヨシュアさんがどこに行ったか判る？」

　そう尋ねると、ひと声高く鳴いてから、ジークは校舎のほうへと飛んでいった。くるくると校舎の真上で旋回している。

「屋上……？」

　エステルとクローゼは大急ぎで駆けつける。

　はたして校舎の屋上にヨシュアはいた。彼の顔を見た途端にエステルは安堵の息をついてしまう。なおも胸にまとわりつく不安な気持ちを首を振って追い払った。

「銀髪のやつは？」

「見失ったみたいだ……」

追いかけてここまで来たものの見失ったらしい。尾行の得意なヨシュアを撒くなんてと、エステルは驚いてしまう。

「でも、放火犯とは違う気がする。僕の勘にすぎないけど」

ヨシュアが言った。

とはいえ、ますます只者に思えなくなってきた。

だが、そこで導力通信による校内放送が流れてきて、劇の出演者とスタッフに講堂へと集まるよう告げてくる。

「あ、もうそんな時間なんだ」

「気にはなりますが、これ以上の追跡は、今はできないようですね。衣装の準備を考えると、もう行かないと」

クローゼも時間を気にしている。

「そうだね……。カルナさんに伝えておいて、注意してもらうしかなさそうだ」

それからきっかり三十分後に劇が始まった。

† † †

緞帳の脇から客席を覗き見てエステルは驚いた。

「うっわ〜……、めちゃめちゃ人がいる〜。何だか緊張してきた」

窓には厚いカーテンが引いてあり、天井から吊るされた導力灯の明かりも絞ってあって客席は薄暗い。それでも、並べられた椅子にはぎっしりと人が座っているのが見て取れた。

「懐かしい人も来ているね」

エステルの後ろからちらりと客席を見てヨシュアが言った。

「えっ、どこどこ」

「ほら、貴賓席の処さ。あれって、メイベル市長じゃないかな」

言われて見れば、舞台正面の特等席には名士らしき人々がずらりと並んでいる。その中に懐かしい顔があった。ボース市の市長メイベルだ。いつも一緒の従者のリラも隣に座っている。ボースでの出来事が、ずいぶん昔のことみたいに感じてしまった。

その隣に、女王陛下の甥だというなんとか公爵もいた。

（あれれ？　あいつ、なんて名前だっけ？　名前より、あのぱっつん髪のほうが気になっちゃってたからな〜）

ぱっつん公爵の隣には、これまた常に影のように付き従う執事のフィリップがいる。

その隣がダルモア市長だった。約束通りに観に来たようだ。

手前の席には背の低い子どもたち用の椅子が用意されていて、孤児院のちびっ子たちはそこにいた。端の席に座ってテレサ院長が見守っている。

（ん？　……今なんか違和感があったような）

「始まるよ……」

小声でヨシュアが告げてくる。

エステルとヨシュアは舞台の袖に移動した。エステルが少しだけ感じた違和感は、開演の緊張に呑まれてどこかへと消えてしまった……。

「ただ今より、生徒会が主催する史劇、《白き花のマドリガル》を上演します」

生徒会長自らの声を合図に劇が始まる。

絞ってあった導力灯の明かりはさらに暗くなり、遂には消えてしまう。それと入れ替わるように緞帳がゆるゆると上がっていって、舞台の端にスポットライトが当たった。

制服姿のジルが光の中に浮かび上がる。

たたずんだまま、前口上を語り始めた。

「時は七耀暦一二〇〇年代……」

すらすらと淀みなく口にするのは、劇のおおよその時代背景とメインとなる部分までのあらすじだった。さすがに学園祭の時間内では物語のすべてを語るには短すぎる。

あらましを語り終えると、スポットライトは消え、檀上の舞台全体が明るくなる。

お城の庭園を模した書き割りが現れ、その中に白いドレスを着た姫君が立っていた。ヨシュア演じるところの白の姫セシリアである。

俯いた清楚な佇まいに客たちは息を呑む。白の姫が顔をあげると、化粧をほどこした美しい顔《かんばせ》が露わになり、客たちは詰めていた息をほうっと吐きだした。

みな、見蕩れているのだ。

姫君を囲むようにお付きの侍女たちが現れた。

「姫様……こんな所にいらっしゃいましたか」

野太い男の声だった。

客たちのうっとりとしたため息が、悲鳴混じりのひぃという声に変わる。慌ててパンフレットをめくる音。さざなみのようなざわめきが客席に広がる。客たちが、今回の劇は男女が入れ替わっているのだと気づいたのだ。

ということはこの姫君も……。

「わたくし、結婚などしません。お父様の遺言とはいえ、こればかりはどうしても……」

鈴を転がすような涼やかな声が耳を打った。

先ほどとは異なるざわめきが客席を広がっていった。客たちの視線が壇上にぐいと引き寄せられた瞬間だった。

「まあ、あのお姫様は……ヨシュアさんではありませんか」

感嘆の声をあげたのは、ボース市長メイベルだ。整った顔の少年だとは思っていましたが、と続ける。

「はい、お嬢様。ただヨシュア様はともかく、他の侍女の方はちょっと……。せめてすね毛は剃っていただきたかったですね」

こんなときにも辛辣なリラだった。


舞台の上で芝居は続いていた。

白の姫セシリアには、求婚者が二人いた。国王亡き今、彼女はどちらかと結婚しなければならない。ひとりはエステルが演じる貴族出身の紅の騎士ユリウス。もうひとりはクローゼが演じる平民出身の蒼の騎士オスカーだ。二人ともセシリアの幼馴染みで、セシリアは選ぶことができずにいた。

エステルとクローゼの二人が騎士姿で舞台に現れると、客席からは黄色い声が飛んだ。

この日を楽しみにしていた学園の女生徒たちである。

「イイ！　イモ男子どもと比べたら、めっちゃステキー！」

「きゃあ！　クローゼさーん！」

歓声を聞いて仏頂面になるのは男子たちである。

マーシア孤児院の女の子一同も、もちろんエステルとクローゼの二人に声援を贈っていた。

ちぇ、とクラムが舌を鳴らして、マリィに「こら」と窘められていた。

《白き花のマドリガル》の基本は喜劇であって、笑いどころの多い芝居である。それに男女を入れ替えたことによる珍妙さが加わって、客席からは笑いが絶えなかった。

舞台の袖で事を仕組んだ生徒会長がにんまりと笑みを浮かべる。

それでも、劇が中盤に差し掛かると、盛り上がりに合わせるように次第にストーリーは緊迫さを増していった。

貴族階級と平民階級の対立が激しさを増し、幼馴染みであるユリウスとオスカーは、互いの属する陣営に引っ張られるように対立を余儀なくされていったのだ。

客席は静まり返り、舞台の上の物語が向かう先を、固唾を呑んで見つめていた。

二人の間に挟まれて、白き姫は悩みつづける……。

そんな最中、蒼の騎士オスカーが暗殺者に襲われ、腕を傷つけられてしまう!

「なーるほど……なかなか見せてくれるじゃねえか。となるとこの次の展開は——っと、いかんいかん。危うく仕事を忘れるところだったぜ……」

つぶやいた男は貴賓席へと視線を戻した。誰あろう、リベール通信社の敏腕記者ナイアル・バーンズである。

「しっかし、こんな時期に学園祭で観劇ねぇ」

ナイアルの視線はひとりの男に注がれている……。

† † †

芝居はクライマックスに差し掛かっていた。

貴族と平民の両陣営の決定的な対立を避けようと、紅の騎士ユリウスがセシリア姫に、ある提案を行ったのだ。自分と、オスカーの決闘を許可して欲しい、と。

「そして勝者には……姫の夫たる幸運をお与えください」

セシリアは息を呑んだ。

来るべきものが来た、と思ったからだ。

断ることはできない。それを白の姫は理解していた。ユリウスとオスカーは、二つの陣営の代表者として担ぎ上げられてしまっている。そうして、いつまでもセシリアが二人から夫を、つまり王を選べないから、それを口実に対立がつづいている。

このままいけば、ほんとうに流血の革命が始まってしまうだろう。だが、正式な決闘の末にどちらかを選んだのならば、とりあえず両陣営の争いの口実をなくすことができるのだ。ユリウスはそれを承知していた。

「判っていて、それでもわたくしには、どうすることもできなかった……」

つぶやくような姫の声を合図に、舞台の上の照明が消えた。

「そして決闘の日……」

ジルの声が舞台の袖から響く。

照明がふたたび点ると、書き割りはクライマックスに相応しく、王都にある競技場を模したものへと変わっていた。それまでに登場したすべての人物が扇状に見守る中、ユリウスとオスカーの――エステルとクローゼの決闘が始まった。

「おお、我ら二人の魂、女神エイドスもご照覧あれ！　いざ、尋常に勝負！」

クローゼが立て板に水と声を張り上げる。

「応！」とエステルも応えた。

舞台の上で、二人の騎士が剣をぶつけあって戦う。

模造剣とはいえ、見栄えを良くするためにそれなりの重さのものを使っていた。打ち合う剣の音は、舞台袖で小道具係が鋼を叩いて鳴らしていたが、遊撃士であるエステルと、フェンシングチャンピオンであるクローゼの剣捌きは素人のものとは一線を画していて、見つめる観客たちは息を呑んでしまう。

「やるな、ユリウス……」

「それはこちらの台詞だ」

つば競り合いから離れて、エステルとクローゼはふたたび激しく切り合った。

現実の二人の腕前は同じくらいであったけれど、舞台の上では次第にユリウス、つまりエステルが押し始める。クローゼは腕を庇うかのような演技を見せた。

劣勢に立ったクローゼは、ひとつ大きく息を吐くと、最後の反撃に出た。だが、その攻撃のすべてをエステルは凌いだのだ。そして、双方のすべてを賭けた最後の一撃が撃ちこまれる。

まさにその瞬間だった。

二人の突きだす剣の間に、真っ白なドレスが飛び込んだ。

「な…………」

「セ……シリア……？」

白いドレスが崩れ落ちる。真っ赤な血がみるみるうちに白いドレスを赤く染めていく。

絞った赤いスポットライトを徐々にドレス全体に広げていっただけだが、客席では思わず悲鳴をあげてしまった者もいた。

ヨシュア扮するセシリアはクライマックスにと用意された脚本担当ハンスの渾身の台詞をとうとうと紡いでゆく。

二人の騎士への想いを語り、同じ国の民同士で争い合うことを哀しんだ。

「ああ……目がかすんでゆく……」

客席からはすすり泣く声が聞こえていた。

「見えるわ……幼い頃……お城を抜け出して遊びに行った……路地裏の……」

細い腕を天に向かって伸ばしながら、ヨシュアは台詞をひとことひとこと情感込めて語りつづけた。

「オスカーも……ユリウスも……あんなに楽しそうに笑って……」

過去の思い出を語りながら、セシリアはゆっくりと目を閉じた。天に伸ばしていた腕がことりと落ちる。

ふっとセシリアに当たっていた赤いスポットライトが消え、彼女の命の火が消えたことを暗示した。

二人の騎士の腕の中で。

取り巻いていた両陣営の者たちも、一様に顔を伏せて苦痛の表情を浮かべる。

「姫様、おかわいそうに……」

「ああ、どうしてこんな事に……」

侍女たちが嘆く。

囲んでいた両陣営の中からも姫の死を悼む声があがり、セシリアの命を天に召した空の女神エイドスの所業を恨む声もあがった。

「まだ判らないのですか……」

厳かな声が響く。

舞台の後方の一段高くなった処にスポットライトがあたった。白い服を纏い、羽を背負った女性が光の中で立ち上がる。学内アンケートトップの美少女が、わずか数行の台詞を言うために立ち上がった。彼女はその役に満足していた。

リベール王国民の信奉する空の女神エイドスの役だったからだ。

女神が人々の勝手な言い草を咎めると、遠巻きにしていた両陣営のすべての人物が目を伏せた。彼らの心からの悔恨を見て取ると、エイドス役の少女は二人の騎士にも教え諭した。

エステルとクローゼも俯いて、唇を噛みしめて神妙な顔を作る。

「それぞれの心に思い当たる所があったようですね。なれば、リベールにはまだ未来が残されているでしょう」

そう言うと、空の女神は両の手をゆっくりと掲げた。

徐々にエイドスに当たっていたライトが弱くなってゆく。それに応じるように女神は上げていた両の手を打ち下ろした。

一瞬、すべての照明が消えた。

それから、舞台の中央に白いスポットライトが当たる。

光の円錐の中を立ち上がる影がひとつ。

おお、と観客席からもどよめきが起こった。

白の姫が蘇ったのだ。

「フフ……神の奇蹟というわけか……そんなものが信じられるのならばな……」

舞台の出口付近で立ちながら見ていた男がつぶやいた。まだ終わらない劇に背を向けると扉を開けて出ていく。

日の当たる外へと出た男の髪は銀色だった。


蘇ったセシリア姫を前にして、紅の騎士ユリウスが自分の負けを認めた。暗殺者に傷つけられた腕で互角の勝負をしたオスカーこそが勝者だと告げる。

「待て、ユリウス！」

「勘違いするな、オスカー。姫を諦めたわけではない。お前の傷が癒えたら、今度こそ決着をつけようではないか……木剣でな。幼きあの日々のように……」

「ああ、……きっとな」

「もう、二人とも……。わたくしの意志は無視ですか」

「そういうわけではありませんが。今日のところは勝者へのキスを。みながそれを望んでおります」

そう言い残して、エステルは退場する。台詞を口から出したとき、なんだかもやもやしたものがエステルの胸に湧いた。なんだろうと思いながらも袖に捌ける。

「オスカー……」

「姫……」

セシリアの顔が、オスカーへと近づく。

舞台袖からエステルは見ていた。

ヨシュアは、目をつぶって、それからクローゼの頬に軽くキスをする。

取り囲む登場人物たちから拍手と歓声が沸き起こり、それは客席全体へと爆発的に広がっていった。

「女神エイドスも照覧あれ！　今日という良き日が、いつまでも続きますように！」

クローゼが最後の台詞を口にする。

「リベールに永遠の平和を！」

囲んでいた両陣営の者たちがそう繰り返すなか、ゆっくりと緞帳が降りてくる。

万雷の拍手とともに劇が終わった。

それとともに、放送が学園祭の終了を告げる。講堂に導力灯の明かりが戻り、客たちは芝居の興奮も冷めやらないまま出口へと流れてゆく。

王立学園の学園祭は大好評のうちに幕を閉じた。

第十二幕　真相

楽屋裏の控え室に戻ってからも、エステルはうわの空のままだった。

心ここにあらずだった。なんとなく……なんとなくだが、もやもやする。

クローゼに呼びかけられてもしばらくは反応できず、ヨシュアに声を掛けられたときなどはあからさまに狼狽えてしまった。

ノックの音とともにテレサ院長と子どもたちが姿を見せ、それでようやく考えごとをやめて目の前のことに集中できたくらいだ。

テレサ院長と子どもたちにも芝居の出来を誉められて、エステルたちは照れた。頑張ったことを誉められるのは嬉しいいし、子どもたちに喜んでもらえたのは、もっと素敵なことだと思う。

だが、それよりもさらに素晴らしいことが起きた。

話の途中で、控え室にコリンズ学園長がやってきた。その後ろにはいつの間にか楽屋裏から姿を消していたジルがいた。そして、学園長は孤児院の火事の件にお悔やみを告げてから、学園からも微力ながら力添えをしたいと言ったのだ。

「ジル君」

声に応じて傍らに控えていたジルが、王立学園の紋章が入った分厚い封筒をテレサ院長に手渡した。

「どうぞ、受け取ってください」

「これは……?」

「うむ。実はですな。学園祭に来た父兄の方々に事情を話してから、例年のように寄付金をお願いしてみたところ、わずかながらも集まりました。ちょうど百万ミラあります。孤児院再建に役立ててください」

「ひゃ、ひゃく万ミラ！」

　エステルは声がひっくり返ってしまった。わずかどころではない大金だ。テレサ院長も驚いた顔をしている。

「今回は公爵や市長など名士が集まりましたからね。開演間近にやってきたダルモア市長などは、私が話を持ちかけると、集まった額を聞いて驚いていました。もちろん彼も快く協力してくれましたよ」

「そんないけません！」

「遠慮する必要はありませんよ。毎年、学園祭で集まった寄付金は福祉活動に使われることになっているのですから。ちゃんと集めるときに確認も取りましたからね。みな、孤児院のことを心配してくれていましたよ」

「学園長……」

　クローゼも声を詰まらせた。

ジルがそんなクローゼの肩を抱き、ぽんぽんと背中を叩く。エステルもようやく思い至った。

芝居が始まる前の日、ジルが学園長と打ち合わせていたのは、この件だったに違いない。

「でも、こんな大金を……」

「先生……」

「クローゼ？」

「先生が戸惑う気持ちも判ります。でも……どうか考えてみて欲しいんです。それだけのミラがあったら孤児院を再建するのはもちろん、王都に行く必要もありません。あのハーブ畑だって、放っておかなくてもいいんです」

クローゼの言葉をテレサ院長は黙って聞いていた。コリンズ学園長がクローゼの言葉を引き取って、亡きジョセフのためにもとミラを受け取るように説得した。

「わかりました。ありがとう……本当にありがとうございます……」

声が震え、涙が零れ落ちる。

事情が判らずに戸惑っているのは子どもたちだ。大好きな院長先生が泣きだしてしまったので、どうしていいか判らずにいた。そんな子どもたちを、テレサ院長は黙って抱きしめる。

「あなたたちには……本当に苦労をかけましたね……」

見ていたエステルまでもらい泣きをしてしまった。

大きな腕に抱かれてクラムがこそばゆそうな顔をしながら、「別に苦労なんてしてねえけど」

と言った。

「でも、なんで泣いてるのに、嬉しそうなんだ?」

「バカねぇ、クラムったら。涙は嬉しいときだって流れるからよ」

「そうか?」

「そうよ。子どもには判んないかもしんないけど」

おしゃまなマリィがクラムに言い聞かせた。

†　†　†

テレサ院長が子どもたちと共にマノリアの村へと帰ると、エステルたちは学園祭の後片付けに取り掛かった。

「そういや、院長先生たち……あんな大金を持ち歩いて、ちょっと危なくなかったか?」

ふとそう漏らしたのはハンスだ。小道具を仕舞い込む手を止めて心配そうな顔つきになる。

それを聞いてエステルも不安になった。

「あ、それは大丈夫よ。警備に来ていた遊撃士に護衛を頼んでたから」

ジルが答えた。

「わざわざ学園長さんが頼んでくれたみたいだね。カルナさんなら安心できると思うよ」

技量を見抜くことに長けているヨシュアの押す判子は信用できた。

「そっか。よし、さっさと片付けを終わらせちゃおう！」

三十分ほどを費やして、道具の片づけもゴミだしも終わって後は帰るだけになった。

もうひと晩泊っていかないかと誘われたが、エステルたちは、まだルーアンに所属してから、ほとんど支部の仕事を受けていない。丁重に断って帰り支度を整える。週明けまでの休みをもらったクローゼが、院長先生と子どもたちに会いにマノリア村まで行くというので、途中まで一緒に行くことになった。

ジルやハンスと再会を約束して、エステルたちは学園を出る。

「数日間だけだったけど、すっごく楽しかったわね〜」

「授業を除いて、でしょ。君の場合」

「あはは。まあね！」

「ふう。学生の本分は授業のほうなんだけど……」

エステルとヨシュアのやりとりに脇を歩くクローゼがくすりと笑った。

「……あら？」

ふいに立ち止まると、クローゼがきょろきょろと辺りを見回す。

「ん？　どしたの？」

「いえ……ジークの気配が近くに感じられなくて……」

クローゼは空を見上げてから、また視線を戻した。

「ゴハンでも取りに行ってるんじゃないの？」

エステルが言って、クローゼもそうかもと頷いた。

「すみません。変なことを言って……」

そう言って頭を下げる。

そのときは誰も気にしていなかった。エステルもヨシュアも、とうのクローゼさえ。学園祭が大成功に終わったから、緊張が解けて少し注意力が落ちていたのかもしれない。

三人は並んで街道を西へと歩いた。

マノリアの村とルーアンの街への分岐点まで来て、別れの挨拶をしあう。お互いにしんみりとした気分になっていたのだけど……。

「おお、あ、あんたたちは！」

街道の先から声が掛かった。

マノリアの村のほうからやってきた青年がエステルたちを見つけて駆け寄ってくる。どこかで見た顔だとエステルは記憶をひっくり返した。マノリアの村に住む住民で、孤児院が焼けたときに後始末に駆けつけてくれた青年だと思い出す。

青年はひどく慌てていた。今にも卒倒しそうなほど息を切らしている。汗だくなのはここまで走ってきたからだろうか……。

「大変なことが起こったんだ！」

息を整える暇もなくそう言った。声の調子にエステルは思わず身構える。

「大変なこと？」

「はあはあはあ……ちょ、ちょっと待ってくれ！」

息が切れて話せないらしい。青年が呼吸を整えるまでの数秒がエステルには長く感じられた。嫌な予感が消えない。

「はあはあ。マ……マノリアの近くで、テレサ先生が襲われた」

「あ、あんですって！」

息を呑んでしまう。全身から血の気が引くのが自分でもわかった。

「…………あ…………」

クローゼがふらりとよろめいて倒れそうになる。すかさずヨシュアが支えた。

「だ、大丈夫です……詳しいことを教えてください」

青年に向かって問いかける。

彼の話によれば、テレサ院長たちは学園祭から街道を戻る途中に襲われたらしい。子どもたちにケガはなかったものの、院長と護衛の遊撃士が気絶させられたという。

「カ、カルナさんが気絶!?」

「それは……相当の手練れの仕業みたいだね」

「遊撃士協会の支部に連絡しようとしたんだが、宿の通信器が壊れたみたいでな。仕方なく俺が大急ぎで走ってきたんだ」

話を聞いたあとのヨシュアの判断は素早かった。青年にはそのままルーアンの街の支部に報告を頼み、自分たちはすぐにマノリアへ向かうと言ったのだ。

「お、おう。わかった！　任せとけ！」

青年は街道をルーアンに向かって走りだした。

「さあ、僕たちも急ごう！」

ヨシュアが言って、エステルもクローゼも頷いた。


マノリア村に着いたのは夕暮れ間近な時刻だった。

宿屋を訪ねると、ふたたびテレサ院長がベッドに横たわる光景を見ることになった。隣のベッドにはカルナも寝ている。周りで心配そうに寝顔を見ていた子どもたちが、駆けつけたエステルたちに気付くと、いっせいに泣きついてきた。

「良かった……あんたたちは無事みたいね」

ヨシュアが、様子を見にきた宿屋の女将に容態を尋ねる。ケガはしていないようだが、目を醒まさないんだ、と教えてくれた。

「……ちょっといいですか」

そう断ると、ヨシュアは眠っている二人の枕元に立って顔を近づけた。鼻をひくひくと動かしている。

「睡眠薬を嗅がされたみたいだ」

「す、睡眠薬ぅ?」

「うん。この特徴的な刺激のある臭いはたぶんそう。副作用がないやつだと思うから、安心してもいいと思うけどね」

ヨシュアが請け負った。

(薬品についてなんて、遊撃士になるときに教わったっけ?)

エステルは覚えていない。エステルだから覚えてないだけかもしれないが。それはともかく何があったのかが気になった。でも、事情を知っていそうなのは子どもたちだけで……。彼らの顔を見廻していたら、いちばん年長の少女が「あたしが説明します」と言った。

「マリィちゃん……」

「だいじょぶです、クローゼお姉ちゃん。あたし、話せます」

「判った。でも、無理はしないでいいのよ?」

こくんとひとつ頷くと、マリィが事情を話してくれた。

「あたしたち、遊撃士のお姉ちゃんと一緒に歩いていたんですけど……いきなり覆面を被った変な人たちが現れたんです」

「ふ、覆面……!?」

「はい。それで……遊撃士のお姉ちゃんが追い払おうとしたんだけど、すぐに囲まれちゃって……先生もあたしたちを守って……それでそれでそれで――」

すすり泣きながらそれでもマリィは話してくれた。

「よしよし、怖かったね……」

エステルはマリィを抱きしめて背中をさすってやった。それまで唇を噛みしめて何かに耐えていたクラムが口を開く。

「あいつら先生のふところから、あの封筒を奪ったんだ……取り戻そうとしたんだけど、思いっきり突き飛ばされて……ヨシュア兄ちゃん、オイラ……守れなかったよ」

そう言って、また唇を噛みしめた。

「そんなことないさ。君は自分自身の身を守れたわけだからね。それが先生にはいちばん嬉しいことだと思うよ」

ヨシュアが横たわるテレサ院長を見つめながら言った。

「だから、自分を責めちゃだめだ」

「兄ちゃん……でも……」

涙をこらえるクラムを見て、エステルの中で何かがぷちんと切れる音がした。

「許せない……」

握りしめた拳がぶるぶると震えていた。どこのどいつの仕業か判らないが、今そいつが目の前にいたら、間違いなくエステルは殴り掛かっていただろう。

「誰がこんなことを」

「はっきりしているのは、犯人は相当の手練れだということです。遊撃士の方が為す術もなく無力化されたわけですから」

声は静かで落ち着いていたが、クローゼも間違いなく怒っていた。さらに続けて、クローゼは自らの推測を述べる。

「そしてもうひとつ……。これは計画的な犯行だと思います」

「え……？」

「犯人たちは自分たちの奪うものをはっきりと自覚していたように思えます」

「先生のもっていた紙袋、を？」

「はい。そこに百万ミラの寄付金が入っていたことを知っていたように思えるのです。犯人たちは、まっすぐ先生の懐にある封筒を狙ったのですから」

「ちょ、ちょっと待って。じゃあ、犯人は寄付金のことも知っていたってことになるわよ」

「おそらく……。孤児院を放火したのも、その人たちかと」

「えええ！」

クローゼの推測にエステルは驚いてしまった。毎年学園祭で募る寄付金から、今年は百万ミラがマーシア孤児院再建のために寄贈された。それを知っている人間は、さほど多くないはずだ。エステルも、クローゼさえ渡される直前まで知らなかったのだから。

少なくとも、犯人は王立学園の学園祭に来ていたということになる……。しかも、強盗犯が放火犯でもあるなんて。

「うん、その可能性が高そうだ」

ヨシュアが頷いた。

エステルには見えていない何かがヨシュアには見えているということだろうか。

「とにかく、今は一刻も早く犯人の行方を突き止めないと……」

百万ミラが無くなれば、テレサ院長は当初の予定通りに王都に向かわざるを得なくなる。

入口の開く音がした。

「そいつは同感だな」

大きな剣を背負った赤毛の青年が戸口に立っていた。

「あーっ！」

エステルは思わず叫んでしまった。

姿を現したのは《重剣》のアガットだったのだ。

†　†　†

アガットは部屋に入ってくるなり、エステルたちに説明を求めた。

ジャンから連絡を受けてやってきたものの、詳しい話はまだ聞いていないという。

こういうときは説明に長じた人物が行ったほうが話は進む。ということで、ヨシュアが説明役を引き受けた。寄付金のことも含めて、ひと通りの事情をまとめて聞かせる。

「ふん、なるほどな……妙なことになってきやがったぜ」

「何が妙なの？」

「《レイヴン》の連中が、港の倉庫から行方をくらました」

エステルの問いに、アガットが答えた。

「えっ！」

エステルだけでなく、ヨシュアもクローゼも驚いていた。ということは、やはり放火犯は《レイヴン》で、院長先生を襲ったのも彼らだということだろうか。

エステルがそう言うと、ヨシュアが首を振った。

「それはどうかな。彼らにカルナさんが遅れを取るだろうか？」

「あ、そっか……。確かに、あの連中の腕前じゃね～～～」

カルナの足下にも及ばない。

「それに、どうやって彼らは学園祭で集めた寄付金のことを知ったんだろう？」

「あ～～～、そういえばそうね」

それでもまったく関係ないとは思えない。あまりにも行方をくらますタイミングが良すぎた。

「ちっ。こうして議論していても埒が明かねえな。ガキども、とっとと行くぞ」

「だ、誰がガキよ……って怒っている場合じゃないか。どこに行くつもり？」

「手掛かりを掴んで、犯人どもの行方を追うしかねーだろ！」

アガットはもう扉を開けて廊下へと出ていた。

「現場を調べるんだよ！」

「あ！　そうか、まだ調べてなかった……」

「この子たちが襲われたというマノリアの手前ですね」

宿屋の女将に子どもたちと先生を見ていてくれるよう頼んでから──そうしないと、クラムなどは付いてきそうだった──エステルたちは宿屋を出た。

街道を戻り、報告にあった辺りを手掛かり求めて探し回る。けれども、すでに日は西の空低く傾いていて、周りの何もかもが色を失い暮色に染まりつつあった。

「マズイな……」

アガットが舌うちをした。

あたりはどんどん暗くなってきていて、もう少しで人の影も判別できなくなりそうだ。

「これじゃ、何も見えないわよ。それに……いったい何を探したらいいの」

「あほ。それが判れば苦労ねえ」

アガットの言い様にむっときたものの、エステルも口喧嘩で時間を無駄にしたくはない。

ピューイ！

鳴き声とともにシロハヤブサが空から降りてきた。

「まあ、ジーク……どこに行ってたの？」

クローゼがジークに問いかけると、ジークはピュイピュイと何かを告げるように鳴いた。

「まあ！」

クローゼが驚いた顔になる。

それを見ていてアガットが「なんだありゃ」といぶかしげな声をあげた。確かに初めて見ると、何をしているのかと途方に暮れるだろう。

「クローゼのお友だちで、シロハヤブサのジークよ」

とりあえず簡単に正体を告げておく。その間に、クローゼとジークの会話は終わっていた。

「そう……判ったわ。ありがとうね、ジーク」

「判ったって何がだよ」

「先生たちを襲った犯人の行方です」

あまりにさらりとクローゼが言ったので、アガットは何を言われたのか最初は理解できないようだった。

「ああ、そう犯人のね…………なっ、なんだとぉ!?」

「じゃあ、ジークはテレサ先生を追いかけて居なくなっていたのね」

「そうか。それで姿が見えなかったのか」

「はい。この街道の先だそうです」

「お、おいちょっと待て。なんの話してんだよ！」

　アガットが言った。

「なにって、だから犯人の行方をジークが見たって」

「急いだほうがいいですね。夜になってしまうと、ジークの目でも見えなくなってしまうかも」

「は……はは。お、面白いジョークだぜ……」

「ジークってば、お手柄よ！」

　エステルはクローゼの肩に留まっているジークへと声をかけた。

　ピューイ！

　誇らしげにジークが鳴いた。

「お前ら、そんなヨタ話を信じてるんじゃねえだろうな？　シロハヤブサが犯人を見ただの。それをそこの嬢ちゃんに話しただの」

「僕たちは何度かこの目で確かめていますし」

「信じないんだったら付いて来なけりゃいいのよ。クローゼ、ジーク、行きましょ！」

「はい！」

ピューイ！

ひと声鳴いて、ジークは夕暮れに染まる空へと舞いあがった。くるりと頭上でひとつ輪を描いてから、街道をマノリア村のほうへと向かって飛んでゆく。そのまま村を越えた先へと誘っているようだ。

エステルたちはジークを追って走りだす。

「お、おいこら、ガキども！」

アガットの声が背中から聞こえてくる。ちらりと振り返ると、アガットもちゃんとエステルたちを追って走りだしていた。目を前に戻すと、ジークがふたたび空の上を戻ってきて、さらに先へとエステルたちを誘った。

村を越え、大陸の西にあたるマノリア海岸へ。海岸に突き当たった処で三叉路になっていた。

そこを左へ。海沿いに走った。

「確かに誘導しているみたいだが……」

アガットがようやくジークの行動を認め始めた。

「ねえ、ヨシュア。この先って……」

「うん。灯台のある岬のほうだね」

ジークはそちらに向かって迷いなく飛んでゆく。後を追うエステルたちを急かすように、ジークは盛んに空の上で鳴きつづけた。まるで急げ急げと言っているみたいだ。

　岬の外れに建つ灯台が見えてきた。

「バレンヌ灯台か。ルーアン市が管理する施設だな。確か灯台守のオッサンがひとりで暮らしていたはずだが……」

　ジークはバレンヌ灯台の上で何度も輪を描いていた。

「ここみたいだね……」

　ヨシュアが言った。

　岬の果てに立つ灯台の向こうに、赤く大きな太陽が沈んでゆくところだった。

†　†　†

「間違いありません。先生たちを襲った人たちは、あの建物の中にいると思います」

　灯台の真上で羽ばたいているジークを見て、クローゼが言った。

　ヨシュアがアガットに問いかける。

「あの灯台を管理している方は、あそこにひとりで住んでいるんですね？」

「ああ。年配のオッサンが住み込みで管理しているって話だ」

「ということは……、占拠された可能性が高そうだ。あそこにいるとすればだけど」

「入ってみるしかないってことね」

「はい」

エステルの言葉にクローゼが頷いた。

「ちょっと待ちな。嬢ちゃん、あんたは……」

アガットは、ここで待っていろ、そう言うつもりだったに違いない。

だがクローゼは静かに首を横に振った。

「行かせてください」

「なにぃ?」

「誰がどんな理由で先生たちをあんなひどい目に遭わせたのか知りたいんです」

それが単なる好奇心だったならば、アガットは即座に却下しただろう。

だが、アガットは「そ、そうは言ってもな……」と口籠った。見上げるクローゼの瞳に単なる好奇心を越える決意を見てとったのだ。抑えた静かな怒りを示すように彼女の拳は白くなるほど握りしめられ、いらぬ言葉を発さぬよう唇はきゅっと引き結ばれている。

「彼女の腕は保証しますよ。少なくとも足手まといになる心配はないと思います」

ヨシュアが淡々と告げる。

「ち……勝手にしろ」

アガットが折れた。

「だがな、相手はカルナをあっさり無力化させたような連中だ。くれぐれも注意しとけよ」

「はい、肝に銘じます」

「じゃ、決まりね」

　エステルはそれ以上の議論は無用だとばかりに話を切り上げる。今は正直人手が欲しい。その人材が優秀だと判っているならなおさらだ。そしてエステルは、クローゼが間違いなく優秀な剣士だと確信していた。

　灯台に入る直前に、空の彼方からジークが降りてきてクローゼの肩に留まった。

「そいつも一緒かよ」

　アガットが少し呆れた口調で言ったが、反対というわけではないようだ。

「私の友人ですから」

　ピューイ！

　誇らしげにシロハヤブサは胸を張った。

「……ガキと小娘二人と鳥が一羽かよ……。んな遊撃隊《パーティ》、聞いたことがねぇぞ」

「なにごとにも初めてってあるものよ」

　努めてて明るく言いながらエステルは扉を開ける。

　重い鉄の扉を開けた先は、狭い部屋になっていた。四角形の隅を面取りしたような八角形の部屋で、幅も奥行きも八アージュほどしかない上に、てっぺんの導力灯へと昇る螺旋階段が壁の内側を巻いているのでさらに狭く感じる。

部屋の奥に人影が三つ。

見た瞬間に、エステルはその顔のひとつに見覚えがあると気づいた。

「こ、こいつ！」

ルーアンの街を初めて訪れたときに、大橋を渡った先で絡んできた。

《レイヴン》のひとりだ。

「まさかとは思ったが……」

アガットの口調には無念さがかすかに滲んでいる。

「おい、ディン……こんな処で何やってやがる！」

怒りを込めて張り上げた声は、エステルが思わず目を瞑ってしまうほどの怒気に満ちていた。

だが——。

ディンと呼ばれた青年は、まるでぜんまい仕掛けの人形のようにぎりぎりと首を回してアガットを見た。様子がおかしい。アガットも気付いたようだ。

「お、おい……」

「……」

ディンの目はうつろだった。その瞳はアガットを見ているようで見ていない。

「アガットさん、危ない！」

ヨシュアが叫んだ。

金属でできた棍棒のようなもので、ディンがアガットに殴りかかってきた！

「うぉ⁉」

重い鋼の音が響く。

「すごい！」

エステルは、自分の目で見たものが信じられなかった。

アガットが背負っているのは《重剣》と呼ばれるほどの巨大な剣だ。剣先が地面をこすりそうなほどまであって、なおかつ柄の部分は上背のあるアガットの頭よりも高いところにある。それくらい大きな剣なのだ。二アージュは越えていそう。

それなのに――。

雷光の早さで直前まで背負っていた剣でディンの棍棒を受けて見せた。

「ぐっ」

「アガットさん！」

ヨシュアが叫んだ。

「うそっ、押されてる⁉」

エステルも驚いてしまった。

鍔ぜり合いの状態から、徐々に押し込まれて、あのアガットが膝をつきそうになっている。

「くそっ！」

剣を薙ぎ払って、相手の武器の下から辛うじてアガットが脱出する。

「こ、この力……。ディン、てめぇ」

睨みつけるアガットに、《レイヴン》の青年は無表情のままゆらりと歩を進めてくる。

奥にいた見覚えのない顔の二人もにじり寄ってきた。まるで操り人形のような動きだ……。

「はっ、上等じゃねえか。キツイのをくれて目を覚まさせてやるぜ！」

「アガットさん！」

ヨシュアが叫んだ。

「あたしたちも！」

「お手伝いします！」

ヨシュアの両手にはいつのまにか短剣が握られていた。エステルは背負っていた両手持ちの棍を構える。腰のレイピアをクローゼが抜くと、肩に乗っていたジークは彼女を邪魔しないように天井近くへと飛んで離れた。

表情の消えた顔で、《レイヴン》の男たちが襲い掛かってくる！

「おらぁ！　目ぇ覚ましやがれぇえ！」

アガットが吠えて、《重剣》を振り回した。

瞬く間に男たちの武器を弾き飛ばして追い詰めていく。エステルたちは、《レイヴン》の男たちがアガットの剣から逃げようとしたところを狙って、効率よく叩きのめしていった。

あっという間に男たちは気絶してしまった。

だが――。

「信じられない……前に戦ったときとはケタ違いに強いし」

「様子も変でした」

クローゼの言葉にエステルも同感だった。

どうにもおかしな振る舞いだった。ひとことも口を開かなかった。

「ふん……どうやら操られているみたいだな」

「操られている？」

間違いないね、と気絶しているディンたちに近づき、屈みこんで調べたヨシュアが言った。

「薬品と暗示を併用した特殊な催眠誘導みたいだ」

肉体的なポテンシャルを限界まで引き出しているのも、その暗示の力だろうとヨシュアが冷静に指摘する。

「そ、そんな事できるの？」

「簡単じゃねえがな。相当な技術が必要になるのは間違いねえ。……とにかく、上を目指すぞ。こいつらを操っている真犯人どもがいるはずだ」

灯台は灯光を発するてっぺんの導力灯まで螺旋階段を昇らなければならない。吹き抜けではなく、内部はどうやら三階層か四階層ほどに分かれているようだ。

そのどこかに灯台守を人質にとって犯人たちがいるのだろう。

エステルたちは階段を上へと昇っていった。

† † †

二階にも三階にも《レイヴン》の連中が待ち構えていて、エステルたちを見つけると無言で襲い掛かってきた。そのたびに戦いになってしまう。

辛うじて撃退できはした。むしろ撃退できてしまったというところが問題だった。

「まずいな。こいつはひょっとすると……」

「足止め、でしょうか」

ヨシュアが言って、アガットが頷いた。

「いくら狭い所だからとはいえ、全員が一気に襲い掛かってきていたら危なかった」

敵が戦力をわざわざ分散させたことに、アガットは疑いを抱いたのだ。

「どんな思惑があるかは判らんが……。こんだけ派手に戦ってるんだ。上のやつらが気付いてないはずがねぇ。……おい、ガキども」

「なによ？」

喧嘩している場合ではないので返事を返したが、不機嫌そうな声を出すくらいは許されるだろう。

「おまえじゃねえよ。そっちの魔法《アーツ》を使う方だ」

アガットはヨシュアをちらりと見た。そして、灯台の上のほうを見上げながら、「隠密に使えそうな魔法《アーツ》は覚えているか」と尋ねてくる。

「隠密、というと……気配を隠したり、音を消したりという魔法ですか？」

「ああ。クォーツの力でもいいんだが」

「残念ながら」

ヨシュアも、クローゼも首を振った。

「ちっ」

「不意を討つつもりですか？」

「どこまでできるかわからねぇがな」

ヨシュアは考えこんだ。それから顔をあげてアガットに告げる。

「《クロックアップ》なら……」

《クロックアップ》は加速の魔法だ。自らの周りだけ時の流れを操って、素早い動作を可能にする。

アガットがもう一度だけ螺旋階段の上を見上げた。

今、エステルたちは三階にいる。塔の内側の部屋はどうやらこの上の四階で終わりのようで、そこからは人の気配が感じられない。さらに上は導力灯部屋のある屋上のようだから、うまく四階を通るときだけでも相手に悟られなければ、不意討ちができるかもしれない。

「それしかねえか……」

決めてしまうとアガットの対応は早かった。ヨシュアに命じて全員に《クロックアップ》の効果を付与させた。

加速された時の流れの中で、エステルたちは階段を駆けあがり、密やかに四階を通り抜けた。

そこから階段をさらに半周した先に、屋上へと続く扉が待ち構えている。

「あれ……この声……」

扉を細く開けたところでエステルの手は止まった。外から風に乗って声が聞こえてくる。

男たち数人の話し声だ。その声のひとつに、エステルは覚えがあった。

「これで連中に罪をかぶせれば、すべては万事解決というわけだね」

低い、男の声……。

（この声って）

エステルは記憶の淵から声の主を思い出そうとした。

「我らの仕事ぶり、満足していただけたかな？」

別の男の声がした。

「素晴らしい手際だ。念のため確認しておくが、証拠が残る事はないだろうね？」

そう言う男の声は、冷たい、心を凍りつかせるような声音だった。

エステルは一度ならずこの声を聞いている。ただ、そのときは礼儀正しい温かみのある声だった気がする。そう、思い出した！

市長秘書のギルバートの声だ！

別の男の声がギルバートの問いかけに安心しろと請け負った。

「たとえ正気を取り戻しても我々の事は一切覚えていない。そこに寝ている灯台守も朝まで目を醒まさないはずだ」

それを聞いてギルバートが笑った。

「くくく。あの院長もこれで孤児院再建を諦めるはず。放火を含めた一連の事件も、あのクズどもの仕業にできる。まさに一石二鳥というものだな……くくく」

扉の隙間に耳を押し当てて聞いていたエステルの身体が怒りでかっと熱くなった。

（あんですってぇぇぇ⁉）

ぎりっとエステルは奥歯を噛みしめる。

「あいつら……放火も、院長先生を襲ったのも、あの《レイヴン》に全部押しつけて済まそうって気なの？　冗談じゃないわ……」

「落ち着いて、エステル」

小声で制しながら、ヨシュアがエステルの腕をつかむ。エステルが今にも扉を押しあけて、会話をしている連中をぶっ飛ばしに行きそうだったからだろう。

だが、ギルバートと謎の男たちとの会話はまだ続いていたのだ。

驚くべき真実が明らかになろうとしていた。

「あんな孤児院を潰して何の得があるのやら……」

「ふふ、判らないか。市長は、あの土地一帯を高級別荘地にするつもりなのさ」

「ほう……?」

（市長が！）

それで、真の犯人が判った。秘書ギルバートの裏には、さらに市長ダルモアがいたのだ。

「風光明媚な海道沿いで、ルーアン市からも近い。だが、金持ち相手の別荘地に貧相で薄汚れた建物は目障りだろう？　だから、焼いたのさ。さっぱりと綺麗に。あのガンコ女が孤児院を金で手放すとも思えなかったしな」

それで諦めると思ったのに、と続ける。再建可能な寄付金が集まったと学園祭で知ると、今度は秘書に命じて強奪させたというわけだ。

エステルはようやく舞台袖で貴賓席を見たときの違和感の正体に気付いた。

ボース市長メイベルの隣にはメイドのリラがいた。

ナントカ公爵の隣には忠実な執事のフィリップがいた。

だがダルモア市長の隣には、いつも影のように付き従っていたギルバートの姿がなかった！

あのとき既に、学園長から聞かされて寄付金の話を知ったダルモア市長は、ギルバートに命じて院長を襲撃する手はずを整えさせていたのだ。

（あのとき気付いていれば！）

そこまで聞けば充分だった。怒りに震えるエステルの手が扉を押し開けようとした。

一瞬早く、もうひとつの細い腕がエステルの脇から伸びる。勢いよく扉を押し開けると、小さな影が屋上へと飛び出していった。

クローゼだった。

†
†
†

エステルたちも慌ててクローゼの後を追う。

空は真っ黒で、月は雲に隠れているか、まだ昇っていなかった。

回転する導力灯のまぶしい明りが、遠い海原に向かって細く長く伸びている。光が真上をよぎるたびに、屋上は瞬きを繰り返すかのように明るくなった。

飛び出したクローゼは、男たちの前に仁王立ちになって背中を震わせていた。

「それが、理由ですか……。そんな……詰まらない事のために、先生たちを傷つけて、思い出の場所を灰にして……あの子たちの笑顔を奪って……」

涙を流しながらクローゼは言ったのだ。

「許せません！」

「くっ……孤児院に肩入れしている小娘か……」

「クローゼだけじゃないわよ！」

出遅れたエステルが、ヨシュアやアガットとともにクローゼの脇に並ぶ。

「きさまら……」

「ほう……てっきり静かになったから、始末できたものと思っていたぞ」

ギルバートの後ろにいた男のひとりが言った。全身を黒装束で覆った男だった。

夜の闇の中でまるで影法師のように立っている。

（黒装束……。こいつら……前に見たことが……）

エステルは気になりつつも、ギルバードから視線を外さない。

「残念だったわね。みんなオネンネしているわよ。しっかし、まさか市長が黒幕だったとはねー。しかも、どこかで見たような連中が絡んでいるみたいだし」

エステルはギルバートの後ろにいる黒装束の男たちを思い出した。そいつらは、空賊たちと湖で取引していた男たちそっくりだったのだ。

「娘、我々を知っているのか？　なるほど……油断のならない連中のようだな……」

「お、おい！　そいつらは皆殺しにしろ！　顔を見られたからには生かしておけない！」

　ギルバートが往生際悪く叫んだ。

「先輩……本当に残念です……」

「市長秘書ギルバート。及び、そこの黒坊主ども。遊撃士協会規約に基づき、てめえらを逮捕、拘束する。諦めて投降しやがれ！」

　アガットが言い放った。

　男たちの数は三人。ギルバートを入れれば四人で、エステルたちと同数だった。人数で負けてはいない。さらにエステルたちはアガットを除けば若すぎて強そうには見えないはずだ。

だが、一対一ならば遊撃士は強い。黒装束の男は、それを知っているようだった。

「隊長の忠告でな。ここでおまえたちと戦っては、こちらの被害も大きくなるばかり……」

　その言葉に反応したのはヨシュアだ。

「隊長……ひょっとして、空賊と交渉していた男ですか？」

「それも知っているとは……。さすが遊撃士協会の犬ども、鼻が利くようだな……」

「ごたくはいいから、さっさと降伏しなさいよね！」

「フ、それはできんな」

　そう言って、黒装束の男たちのひとりが、懐から出した導力銃――導力で金属の弾を撃ちだす剣呑な武器――を取り出して、仲間のはずのギルバートに突きつけた。

「な⁉」

焦ったのはギルバートだけでなく、エステルたちもだった。

黒装束に身を包んだ男たちは、顔も黒い布で覆っているために目許しか見えない。だが、その目つきは決して笑っていない。本気だった。本気で撃つつもりでいる。

「ど、どういうつもりよ！」

「我々の雇い主は、残念ながら市長ではないのでな……。ここまでは利害が一致していたから協力していたが……」

「都合が悪くなれば人質にする、と？」

ヨシュアがまさかと口調に忍ばせて言った。

「信じてないようだな。おまえたちが動かなければ手は出さないが……」

男は冷ややかな瞳を少しも揺るがせずに引き金を引いた。

暗闇の中で銃口が一瞬だけ光り、ガァンという乾いた音がして、屋上に血が飛び散った。

「ぎゃあぁあ！　足が、僕の足がぁああ！」

エステルたちは息を呑んだ。

黒装束の男の撃った導力銃の弾が、ギルバートの足をあっさりと撃ちぬいたのだ。血が吹き出して屋上の床を黒く染めた。だがギルバートは、激痛に顔を歪めつつも倒れることができない。黒装束の男が強引に腕を取って立たせているからだ。

アガットが舌打ちをして唇を噛む。

銃を持った男がちらりと脇のほうを見た。灯台の屋上、導力灯の収められている部屋の扉にもたれかかるようにして年老いた男が寝ていた。灯台守だろう。

「よせ！」

アガットが叫ぶ。

信じないなら、そっちの灯台守を撃ってもいいぞ、と男の視線が言っていた。

「さあ、本気だと判ったら、しばらく離れてもらおうか。そう、その階段の近くまで下がれ」

アガットがエステルたちを見た。下がれ、と目で言っている。

悔しいが、ここは言うとおりにするしかなさそうだった。

（でも、こんな狭い屋上であたしたちと距離を取ったからって……）

エステルは男たちの意図をつかみ損ねていた。

だから実際に目の当たりにしたときに驚愕するしかなかったのだ。

「では、さらばだ」

そう言って、黒装束の男はギルバートをエステルたちに向かって突き飛ばした。
二、三歩ほど歩いただけで、ギルバートは倒れた。痛みに顔をしかめ、撃ちぬかれた脚を手で押さえて、ぐうう、と声をあげる。
「ま、待ちなさいってーの！」

次に黒装束たちの取った行動がエステルは信じられなかった。

屋上から飛び降りたのだ！

「なっ！」

慌てて駆け寄る。

屋上の手すりから下を覗けば、夜の闇の中、暗くて見づらいものの、男たちが細い糸を腰のあたりから繰り出しながら、おそるべきスピードで降りていくのが見えた。

糸を目で辿れば、手すりに鉤が引っかかっている。

脇に駆けつけてきたヨシュアも見下ろしながら呆然とつぶやく。

「鉤付きワイヤー……」

「な、なんて用意周到なやつらなの！」

まさか、こんな場合も計算済みであらかじめ脱出の用意をしていたというのだろうか。

鉤を外すかワイヤーを叩き切れば墜落させられるだろうけれど、それだとさすがに黒装束たちは助からないかもしれない。魔獣じゃないんだから退治して終わりとはいかないわけで……。

（でも今から階段で降りたんじゃ間に合わない……）

そう考えたのはエステルだけではなかった。

「くそっ……秘書野郎とバカどもの面倒は任せたぞ！」

アガットが言った。

エステルは思わずアガットのほうへと振り向いた。そのときにはアガットは既に手すりに手をかけて、身体を塔の外へと躍らせるところだった。

「ちょ、ちょっと！」

「お前らは、今回の事件をジャンに報告して指示を仰げ！」

ワイヤーを掴むと、革の手袋が煙をあげて擦り切れるのも気にせずに、一気に下まで滑り降りていく。

「アガットさん！」

クローゼが叫ぶが、アガットは一度も上を見ない。先を行く黒装束だけを見ていた。

「あんな速度で降りたら、手の皮が切れてしまうかも……」

ヨシュアのぞっとする言葉に、エステルは一瞬だけ絶句して、だが自分もワイヤーに取りつこうとした。

「待った！　アガットさんが言っていただろう。ここの人たちを放ってはおけない」

「あ……。くっ！」

ヨシュアの言葉は熱くなっていたエステルの頭を冷やすのに充分だった。ギルバートは脚を銃で撃たれているし、《レイヴン》の青年たちは操られていただけなのだ。

見下ろせば、すでに黒装束の男たちは地上まで降りて森の中へと逃げ込んでしまったようだった。陰に紛れてもう見えない。

アガットが今地面に降りた。森へと駆け出していく。

「ああ……」

追われる男たちも追う男も見えなくなる。

残されたエステルたちはアガットに言われたとおりにするしかなかった。

灯台守の老人を介抱し、ギルバート秘書にも止血と応急処置を行った。それから、ギルバートと《レイヴン》の青年たちを縛りあげたうえで閉じ込めておいた。連絡を入れておけばあとで警備隊が逮捕してくれるだろう。

怪しげな黒装束は逃したものの幸運もわずかだが味方してくれたらしい　アガットの作戦による奇襲が功を奏して、奪った寄付金を、彼らはそのまま灯台に置いていかざるを得なかったのだ。百万ミラは取り返すことができた。宿屋の女将を通して今度こそテレサ院長に渡しておく。

こうしたもろもろに片がつくころには夜が明けてしまっていた。

重い身体に鞭を打ちエステルたちはルーアンへと向かう。

まだ最後の悪が残っていた。

第十三幕　古代遺物《アーティファクト》

ルーアンへと向かう街道を、エステルたちはできるかぎりの速さで走る。

朝の空気はまだ冷たく、日差しも昇ったばかりで白い砂利の道を照らす力も弱々しい。

それでも走っていると、あっという間に肌には玉の汗が浮いて息があがってくる。

分かれ道が見えてきた。右に曲がればルーアンへ、左に曲がればジェニス王立学園へと至る分岐点だ。そこでエステルたちは一度立ちどまって息を整えた。

この三叉路までくれば、ルーアンの街まであと少し。乱れた心臓の音を少しでも静めようと、エステルは大きく深呼吸を繰り返した。傍らのヨシュアを見ると、すでに涼しい顔になっていて驚いてしまう。どうして同じように育ってきて、こんなに違いが出るのだろう。

それとも、これは男の子と女の子の差なんだろうか。

「ずるい」

「は？」

不思議そうなヨシュアの顔にエステルは「なんでもないっ」とだけ返した。

「あ、あの……エステルさん、ヨシュアさん」

「ん？　クローゼ、どしたの？」

エステルよりもさらに荒い息をついているクローゼが、顔を曇らせたまま口籠っている。

ようやく声を絞りだした。

「ダルモア市長を、逮捕できるんでしょうか？」

エステルは首を傾げる。ヨシュアは判っているという顔をした。

「不逮捕特権のことだね」

「ええ」

「そう、そうだね……」

「え!?」

エステルは訳が判らず、クローゼとヨシュアを交互に見る。

二人とも深刻な顔をして考え込んでいる。

「ど、どういうこと？」

「遊撃士協会には独立国家や自治体に対して不干渉、という原則があるんだ。行政の長に僕たち遊撃士は手を出せないのさ」

「そ、そんなバカな！」

「といっても、それが決まりだからね」

今回の件が暴露されれば、市長は失脚するだろうから、その後ならば逮捕されることになるだろうが……。ヨシュアが考え込みながらそう言った。

「で、でも」

「そうなんだ。それでは時間が掛かりすぎる」

逮捕されると判っていて、ダルモアがおとなしくルーアンに留まっているとは思えない。時間を与えるわけにはいかない。今、身柄を確保しておく必要があった。だがエステルたちにはその権利がない。

「とにかく今は支部に行ってジャンさんに相談してみるしかないと思う」

「う、うん……」

「あの、ごめんなさい、エステルさん、ヨシュアさん……」

クローゼが、用事を思い出したので先に行っていて欲しい、と言いだした。

こんなときに？　と、そのときエステルはちょっとだけ不思議に思う。あれだけテレサ院長を苦しめた犯人を追うことに熱心だったクローゼなのに、と。

けれど結局のところ、それ以上の追及はしなかった。

クローゼにだってクローゼなりの理由があるはずだ。今は時間も惜しい。ジェニス王立学園に向かう三叉路で思い出したということは、学園に何か用事を思い出したのかもしれない。それに思い出してみれば、クローゼの休暇って、休み明けまでだったような気もするし。

「じゃあ、先に行ってるね！」

「すみません」

クローゼが頭を下げた。

エステルたちはクローゼをその場に残してふたたびルーアンへと走り出した。

背中のほうから、クローゼがシロハヤブサのジークを呼ぶ口笛の音が聞こえたけれど、それもいつものことだったので、エステルはさほど気にしなかった。

† † †

エステルとヨシュアと別れた後、クローゼは街道の分かれ道に佇んだまま動こうとしなかった。二人には、用事がある、と言ったが……。

軽く口笛を吹くと、空の上のほうからジークが降りてくる。

クローゼの肩へと留まった。

ポケットから手帳とペンを取り出して、クローゼは簡単な手紙をしたためる。手帳の頁を破ると、細く畳んで肩に乗っているジークの脚に縛りつけた。

「うん、これでいいわ」

ピュイ?

小首を傾げて、ジークがクローゼの瞳を覗き込んでくる。

「ジーク、また、あなたにお願いしたい事があるの……」

しばらく言葉を交わした後、クローゼはふたたび「じゃあ、お願いね」と言った。

肩から、水平にしたクローゼの腕にジークはぴょんと跳び移る。

「さあ！」

大きく腕を振って前に突きだすと、ジークは羽をいっぱいまで広げて、クローゼの腕から青空へと飛び立っていった。

†　†　†

遊撃士協会の支部――。

カウンターの向こうでジャンが難しい顔のままため息をついた。

「なんてこった。まさか、ダルモア市長が一連の事件の黒幕だったとは」

「それで、ジャンさん……市長は……」

「そうだね。ヨシュア君の言うとおり逮捕は難しいな。行政の長に遊撃士が手を出せるのは現行犯の場合のみ、という決まりだからね」

「やはりそうですか」

ヨシュアが唇を噛みしめた。

「そ、そんな……。このまま見過ごせっての！」

「まあ、慌てなさんな。証拠も証人も充分あるんだ。これからすぐに王国軍に連絡を入れて出動を要請するよ」

「そうか、王国軍ならば逮捕できますね」

ヨシュアが言った。だが、それでも問題はあるのだ。

「でも——」

「その間に逃げられたら、だろ？　そこで、だ」

ジャンが、ぱちりと似合わないウィンクをした。片目どころか両目を瞑っていたので、まばたきしたようにしか見えなかったが。

「君たちに時間稼ぎをお願いしたい」

「時間稼ぎ？」

「話を聞いた限りだと、市長は今、百万ミラを奪ったギルバートからの報告を待っているはずだ。その報告があまりに遅れれば、彼も慌てて逃げる算段を始めるだろう」

ジャンが冷静に状況を分析していく。さすがに支部のまとめをしている人物だ。

「君たちはまっすぐにここに来てくれた。おかげでかなり時間が稼げたと思う。ダルモア市長が自分の悪事が露見したと気付くまでの時間がね」

「でも、そんなには持たない……」

「ヨシュア君の言うとおりだ。あの市長のことだ。少しでも危ないと思えば、何のかんのと理由をつけてルーアンを脱出するだろう。外遊だとでも言ってね。何事もなければ戻ってくればいいわけだし」

「ギルバートを見捨てて？」

「気にもしないだろうね。子どもたちと院長先生を孤児院ごと焼こうとしていたんだ」

改めて言われて、エステルは怒りがふつふつと湧き起こってくるのを感じた。

「この支部から直接王国軍に出動を要請するとしても数時間はかかるだろう。だから、その間の時間稼ぎがいるんだ。で、だ。君たちにこのまま捜査を続けてもらう」

「なるほど……そういうことですか」

「ちょ、ちょっと。でも、あたしたちは市長には手が出せないんでしょ？」

エステルは慌ててしまう。

どうやらヨシュアとジャンの間では、次の行動の指針を自動的に理解しあえているようなのだけれど、エステルにはさっぱり判らない。頭のいいもの同士の会話は、まるで謎掛けのようだ。霧の中で行き先だけ告げられているみたい。

「逮捕は無理でも捜査絡みの事情聴取は別なんだ。捜査権は否定されていないからね。君たちはあくまで孤児院放火事件の捜査の一環として市長邸で『捜査』をするわけさ」

「犯人が判ってるのに!?」

「あえてまだ捜査中だと言えば向こうは断ることはできない。市長への事情聴取だと言えばその場を動けなくなるし、逃げようとすれば遊撃士の捜査を故意に邪魔したことになる。捜査の妨害は現行犯だからそのときはそのまま逮捕だ」

にっと、唇の端をもちあげてジャンが笑みを浮かべた。

わるい笑みだった。

「あ……そういう……ずるっ」

「悪党にばかり悪知恵を使わせるのはもったいないだろ。さあ、エステル君、ヨシュア君。これから市長邸に向かって市長に事情聴取を行ってくれ。多少、怒らせてもいいからできるだけ時間を稼いで欲しい」

「どれくらいですか?」

「二時間、かな。今からだと昼くらいまで。導力通信でレイストン要塞の司令部に応援を要請してみるけど、それくらいは掛かると思う」

「また軍の助けを借りるなんてシャクだけど……そんなこと言っている場合じゃないか」

そこで扉の開く音がした。

振り返ると、クローゼが荒い息をついて扉に手をかけて立っていた。

「はあはあ……お、お待たせしました……」

「いいタイミングで来たわね」

エステルは椅子に腰かけるように言ったが、クローゼは首を振って断った。

「それで……どういう事になりました？」

「放火事件の捜査中ってことで市長邸に乗り込むって話をしていたとこ」

「市長邸に？」

　クローゼが少し驚いた顔になる。

「だって、逮捕できないんじゃ」

「だから捜査の続きってことで――」

「ああ、なるほど」

　全部を言う前にクローゼは理解したようだ。

「市長への事情聴取という名目で足止めしておくんですね。そうか、その間に逮捕権のある王国軍とかを呼べば……」

　さすがは王立学園首席だった。理解が早い。

「そ、そういうことよ、うん」

「あ……そうですか……余計なことをしたかしら……」

　クローゼがよく判らないことを言った。

「は？」

「い、いいえ。何でもないです。それより私も連れていってください。市長を取り調べるなら証人は多いほうが……」

「確かにダルモアが尻尾を見せるとしたら、孤児院関係者がいるときかもしれないな」

エステルたちからの報告を聞いていたジャンは、クローゼの腕も理解してくれたようで、そう言ってくれた。くれぐれも気をつけてと念は押したが。

「ジャンさん、連絡の方はどうかよろしくお願いします」

ヨシュアの言葉にジャンが大きく頷いた。

「ああ、任せておいてくれ！」

† † †

市長邸の大きさにエステルは圧倒されてしまった。

エステルの家の倍どころか三倍以上はありそうだ。庭の広さにいたってはちょっとした公園なみだった。クローゼによると、ダルモア市長は元大貴族の家柄で、この屋敷も代々の当主に受け継がれてきたものだろうと言う。

ノッカーを叩くと、大きな両開きの扉を開いたのは屋敷に務めるメイドだった。

ヨシュアが一歩前に出て、市長に会わせて欲しいと頼んだ。

「申しわけありませんが、只今、ご主人様は接客中でして……」

「接客中？」

「はい。大切なお客様と大事なお話をなさっております。今日一日は誰も取りつがないようにと仰せつかっております」

言いながら、丁寧に頭を下げてくる。

「アポイントメントをお取りになって、明日以降においでいただけますでしょうか」

「ちょ、ちょっと待って」

エステルは慌てた。

明日までなんてとても待てない。今こうしている間にも、接客中などと言いながら、逃げる用意をしているのかもしれないのだ。

「その来客のことですが」

唐突にヨシュアが言った。

「僕たちも聞いております。……デュナン公爵閣下ですよね？」

「まあ、その通りですわ」

メイドが驚いた顔になった。

それから、ようやくヨシュアの胸元に付いた遊撃士の紋章に気付いたようだ。

「あら、遊撃士の方でしたのね。ひょっとして、みなさまもご主人様から招待されていらっしゃるのですか？」

「はい。市長から直々に。入っても構いませんか？」

「そういう事でしたら、どうぞご遠慮なく。このまま行って、正面にある大広間ですわ」

「ありがとうございます」

ヨシュアがお辞儀をすると、メイドは身体を半身にし、手を奥へと振りながら「こちらへ」とエステルたちを迎え入れてくれた。ヨシュアに礼を言われた瞬間に、メイドの頬がわずかに赤くなったのをエステルは見逃さなかった。

「むう」

「どうしたのさ」

「なんでもない！」

大広間へと案内しようとするメイドを、ヨシュアは大丈夫だからと下がらせた。名残り惜しそうにメイドが去っていった。

クローゼが小声でヨシュアに尋ねる。

「よく、公爵閣下が来ていると判りましたね？」

「別荘地を富豪に売りつける計画と言っていたよね？　学園祭の劇のとき、貴賓席に隣同士で座っているのを見ていたからね。カマをかけてみたってわけさ」

「まあ……」

「で、市長から招待されているってデマカセ言ったわけ？」

「デマカセじゃないよ。ダルモア市長には『《レイヴン》の連中が迷惑を掛けたら、遠慮なく市長邸に来てくれ』って言われていたじゃないか」

「あ、そっか」

「ふふ……確かに招待されていますね」

「《レイヴン》の連中に迷惑掛けられたのもホントだし。そっか。じゃあ、遠慮なく！」

「そういうこと。さあ、市長に事情聴取だ」

正面奥へと進んで、大きな扉の前まで歩いた。

扉の前に立ち、軽く扉をノック――

――したりはしなかった。

エステルたちはまずは扉に耳をつけて中の様子を窺う。

かすかに声が聞こえた。


「ヒック……ふむ、なかなかいい話だ。確かに、このルーアンは別荘を持つには絶好の場所だ」

ナントカ――ではなくデュナン公爵の声だ。ヨシュアがちゃんと覚えていてくれたおかげで、ようやくエステルも思い出した。

ダルモア市長もいるようだ。

「高級別荘地の中でもとりわけ素晴らしい場所に閣下の別荘をご用意いたします。必ずや気に入って頂けるかと……」

「なかなか話が判るな、おぬし。いいだろう、金に糸目はつけん」

「公爵閣下ならば価値を判ってくださるだろうと思いました。後で契約書を持ってこさせます。その前に、もう一献……」

「おっとっと……」


それ以上は聞きたくなかった。

エステルはいきなり扉を開けて踏み込んだ。

「こんにちは～。遊撃士協会の者で～す」

あえて明るく声をあげる。

脇に並ぶクローゼも軽く頭を下げた。

「……失礼します」

声は小さいが、それは怒りを押し殺しているからだ。

酔っぱらったデュナン公爵が赤い顔のまま振り返った。「うん？　どこかで見たような」とつぶやいて、いぶかしげな顔をしている。後ろに控えていた執事のフィリップは、エステルたちのことを思い出したようだ。

ダルモアはあからさまに不機嫌そうな顔になった。

「困るな君たち……。いくら遊撃士でも礼儀くらいは弁えているだろう。大切な話をしているのだから出直してきてくれないかな」

　ヨシュアが一歩前に出ると口を開いた。

「なにぶん緊急の話なので。実は放火事件の犯人がようやく明らかに……」

「その件か」

　ダルモアの顔が、仕方ないという表情を浮かべる。公爵に席を外してもらおうとしたが、当のデュナン自身がそれを断った。

「どんな話なのか興味がある」

「し、しかし……」

「いいじゃない。聞かれて困る話でもないでしょ？」

「それはそうだが……」

　なおも渋る市長だったが、ヨシュアが話を先へと進めてしまった。

「実は昨夜またもや孤児院のテレサ院長が襲われました」

「あ、ああ。それは聞いている。まったく酷いことをする。まさか、放火事件と同じ犯人だったのかね？」

　自分で両方とも指図していたくせにそんなことを言った。

「その可能性が高そうです」

「ほう……。で、犯人が判ったと？」

「はい」

ヨシュアが首を縦に振った。

「そうか……残念だよ。いつか彼らを更生させることができると思っていたのだが……」

「あれ、市長さん。誰のことを言っているの？」

エステルの問いにダルモア市長は眉をひそめる。

「誰って、君……。《レイヴン》の連中に決まっているだろうが。昨夜から行方をくらませているとも聞いているしな……」

「残念ですが……彼らは犯人ではありません。むしろ被害者と言えるでしょうね」

ヨシュアがきっぱりと言った。

「な、なに!?」

想定外の答えが返ってきたからだろう。ダルモアの顔にわずかに動揺が浮かんだ。

エステルはここぞとばかりに声をあげる。

「教えてあげるわ！　犯人は……」

ヨシュアの隣に並び、エステルは市長に向かって指を突きだした。

† † †

「ダルモア市長、あんたよっ！」

「なっ！」

わずかにたじろいだが、すぐにダルモアは立ち直った。顔を真っ赤にさせながら、

「何を言い出すんだ、君たちは！　無礼にもほどがあるぞ！　そんなでたらめを——」

「残念ながらでたらめなどではありません。市長……」

ヨシュアは落ち着いた声音を崩さずにゆっくりと言葉を並べ立てた。

「秘書のギルバートさんはすでに現行犯で逮捕しました。孤児院の放火と寄付金の強奪を指示したのは市長であるあなただと、実行犯である者たちからの証言も取れています」

「そんな怪しげな黒装束の連中の曖昧な証言など当てになるものか！」

「あれぇ、あたしたち黒装束だなんて一言も言ってないんだけど？」

エステルの言葉にダルモアが初めてうろたえた。

語るに落ちるとはこのことだ。

「知らん。まったく知らんぞ。そ、そうだ。すべては秘書が勝手にやったことだ！」

往生際が悪かった。だがそれならそれで時間稼ぎにはちょうどいい。どのみちエステルたちでは、市長は逮捕できないのだ。この場所に釘づけにしておけるなら好都合だ。

「高級別荘地を作る計画があるそうですね？」

ヨシュアが不意に話題を変えた。

「あ、ああ」

「海沿いの土地を別荘地にする予定とか。景観上、孤児院が邪魔だったのではありませんか?」

「……確かにそのような計画は存在する。だがそれは、ルーアン地方の経済発展を考えた事業計画のひとつとして昔からあるものだ。いま犯罪に手を染めてまで性急に推し進める類のものではない」

「動機にはなりえない、と?」

「そ、そうだ！　それとも私に罪を犯してまで別荘地を作らねばならない理由があるとでもいうつもりか?」

「そ、それは……」

エステルが口籠ったのを見たからだろう。ダルモアはさらに声の調子を強めた。

「どうなんだ！　私を告発するからには、そのあたりまで証拠があるんだろうな！」

しまった、とエステルは思う。確かにダルモア自身の動機までは調査していない。

秘書の言葉を聞き、ダルモアが孤児院を排除したがっていると判って、それで納得してしまっていた。

「さあ、どうなんだ！　市長に向かって侮辱の数々、もし根拠がないというのなら、名誉棄損で訴えさせてもら——」

市長の言葉を遮ったのは、低い男の声だった。

「莫大な借金を抱えているからでしょう?」

　部屋の中の全員がいっせいに振り返って声の主を見た。

　いつの間にそこにいたのか。開いた扉に手をかけて、よれよれのネクタイをだらしなく引っ張りながら男がにやりと笑っていた。

「ナ、ナイアル!」

　リベール通信社の新聞記者ナイアル・バーンズだったのだ。

「どうしてここに……」

　驚いたのはヨシュアもだ。

「市長に取材を申し込みに来たところだよ。そうしたら、おまえさんたちが何か面白そうな事をやってたんでね。こっそりと後を追って一部始終を聞かせてもらった」

「な、なんだ貴様は!?」

「俺ですか? 《リベール通信》の記者、ナイアル・バーンズといいます。実はですねぇ。最近のルーアン市の財政について調べさせてもらったんですが……」

　ナイアルが手帳を取り出して開きながらぺらぺらとしゃべりだす。

　その内容はといえば、驚くべき告発だった。

　市の予算をダルモアが私的に使い込んでいるというのだ。

　ナイアルの指摘に一瞬だけ顔色を変えたダルモアだったが、すぐにそれは別荘地造成の資金だと言い張った。

「まだ工事は一切始まってないのに？」

「む、それは……」

ここでナイアルは不意に質問を変える。

「市長、あなた一年ほど前に共和国方面を度々訪れてましたねぇ？」

「……ただの観光だが？」

「それは表向き。本当の理由はそのとき相場に手を出して大火傷を負ったんでしょう？」

ナイアルの切り込みに、ダルモア市長は今度こそ本当に答えに窮したのだ。どうやら核心を突いたらしい。

ただ、エステルには判らないこともあった。

「えっと……相場ってなに？」

恥ずかしかったが、聞くは一時の恥というし。エステルの問いに答えてくれたのはクローゼだった。

「市場の価格差を利用してミラを稼ぐ売買取引です。安いときに買って高くなったら売るわけです。高くなれば——ですが」

「ならなかったら？」

「損します」

なるほど、とエステルはなんとなく理解した。おそらく共和国とリベール国との間の価格差とやらを利用して儲けようとしたのだろう。

「で、この市長さんはどれだけ損しちゃったわけ？」

「俺の調べだが……およそ一億」

エステルの脳が数字を把握できずに凍りつく。

（え……？）

徐々にナイアルの言った数字が理解できてきた。

「い、い、一億ミラぁ～!?」

「寄付金の百倍ですね。そういえば、市長も寄付金を収められていたようですが……。なるほど、それだけの借金額からみれば、カモフラージュに多少の寄付もありえるかと。もとより最初から取り返すつもりだったのでしょうし」

淡々とヨシュアが言った。

「ヒック、一億とはな。私もミラ使いは荒い方だが、さすがにおぬしには完敗だぞ……」

デュナン公爵が感心したように言ったが、そこに感心してしまっては何かが間違っている気もするエステルである。

「まあ、そんなわけで、莫大な借金を返すために市の予算に手を付けたはいいが、問題の先送りをしただけ。そこで別荘地を作って金持ち相手に荒稼ぎしようと思いついた。こんなところですかね、市長」

「……証拠はあるのか」

顔を伏せて口籠っていた市長が、黄泉路の果てから聞こえてきそうな昏い声で叫ぶ。

「証拠だ証拠！　憶測だけで言うならば名誉棄損で訴えてやるからな！」

「おやま、開き直った」

ナイアルが呆れたように言った。

だが、ダルモアはもはやナイアルの言葉など聞いていない。

「おまえらもだ！」

エステルたちの方へと向きなおると、歯を剥きだして「出ていけ！」とわめきだしたのだ。

「おまえら遊撃士たちには私を逮捕する権利はないはずだからな！」

「やっぱりそう来たか」

ダルモアは愚か者かもしれないが馬鹿ではなかったようだ。

「市長、ひとつだけお伺いしてもよろしいですか？」

そう切り出したのは意外なことにクローゼだった。

「王立学園の生徒か。こんな輩と付き合っとらんで、さっさと学園に戻りたまえ！」

わめき散らすダルモアをクローゼは静かな瞳で見つめた。

「うっ。な、なんだ……きさま……」

†　†　†

「市長……」

クローゼの瞳には力があった。見つめているだけなのに、おとなの男であるダルモアが気おされている。

「どうして、ご自分の財産で借金を返そうとなさらなかったんですか。名だたる大貴族であるダルモア家の資産があれば、無理な額ではないはず。この屋敷を売るだけでも……」

「馬鹿なことを言うな。この屋敷は代々先祖から受け継いだダルモア家の誇りだぞ！」

「あの孤児院だってそれは同じです……」

哀しみの色に瞳を染めてクローゼは言った。

懐かしい孤児院の想い出がエステルの心にも蘇る。クローゼの作った温かいアップルパイの香り、はしゃぐ子どもたちの声、穏やかなテレサ先生の瞳。

失われてしまった心安らぐあの場所。

「は！　あの、みすぼらしい建物とこの偉大なる屋敷を一緒にするな！」

言ってはいけない一言をダルモアは言ってしまった。

クローゼの瞳の冷たさがいっそう増して、冷ややかに見つめる視線にダルモアは凍りついたように口を閉じた。

「可哀想な人……」

クローゼの言葉は、ダルモアにこう言っていた。

もはや言い訳など聞きたくはないと。

少女の信頼を市長はたったいま永遠に失ったのだ。

俯いていたダルモアが急に顔をあげた。

「ふふ……ふふふふ……よくぞ言った、小娘風情が。もはや後の事などどうでもよい！」

言いながら、ダルモアは部屋の後ろにあった扉へと駆け寄る。

後ろ手に扉の取っ手を掴み、一気に引き開けた。

「ファンゴ、ブロンコ！　エサの時間だ、出てこい！」

扉の先は窓もなく明かりも点けていない真っ暗な部屋だった。

エステルたちのいる大広間から射しこむかすかな明かりを受け、大柄な生き物がむくりと身体を起こす。


グルルルル……！

喉の奥から唸るような声が聞こえてくる。

「な、なんなの？」

「獣の臭い……！」

開かれた部屋から、かすかな獣の臭いが漂ってくる。明かりを返して目玉が光った。

ゆっくりと二体の巨大な生き物が姿を現した。

ナイアルが獣を指さしながら叫ぶ。

「な、なんだありゃ！」

「魔獣……ですね」

ヨシュアが言った。

二体の魔獣が大広間に入ってくる。

見た目は狼に似ていた。かつて関所で戦った奴らと姿かたちは似ている。ただ、身体の大きさは倍ほどもあった。全身を覆う毛は銀に近い白と闇に近い黒。開いた顎から覗く牙は太く尖っていて、人の身体など簡単に噛み千切ってしまいそうだ。

「屋敷の中に魔獣を飼っているなんて……」

信じられないとクローゼがつぶやく。

「くっくっく。こいつらが喰い残した分は川に流してやるから安心して喰われたまえ！」

ダルモアがひきつるような高笑いをあげた。狂気を含んだような声だった。

「こいつぁだめだ。正気じゃねえ……」

さすがのナイアルも、ダルモアから一歩二歩と後ずさって距離を取った。エステルとヨシュアが、ナイアルを庇うように前に出る。

「まさか屋敷の中でこんなのと戦うことになるなんて……」

「でも、これで現行犯だ」

ヨシュアが言った。

「人に飼われし魔獣といえど、人を傷付けるつもりならば容赦はしません！」

クローゼがきっぱりと宣言する。

腰のレイピアを鞘鳴りの音とともに抜いた。

それが合図になった。

ぐおう、と魔獣が吠えた。

身を屈めて、いつでも襲い掛かれる体勢になる。

エステルはあえて前に出た。

「エステル！　無暗に突っ込んじゃ危な――」

「大丈夫！」

ヨシュアの声を背中で聞きながら、エステルは二体の巨大狼のうち、身体のやや大きいほう――『ファンゴ』とダルモアが呼んだほう――に向かって突進した。

どう考えても、体格の大きいほうが力も強そうで、厄介そうだったからだ。だから、そいつはエステルが受け持つ。ヨシュアは短剣使いだから、不意討ちは得意だけれど、正面切って大柄な魔獣をけん制するのは苦手なのだ。

部屋の中を風を切って距離を詰め、留め金から外した両手持ちの棍をぐっと握る。踏み込んだ勢いを利用して、《六角棍》を風車のように振り回した。

(こっちは早く倒して加勢しないと!)

もう一匹の『ブロンコ』のほうは必然的にクローゼが相手をすることになった。彼女の腕を信頼していたが、遊撃士として一般人に何もかも任せるわけにはいかないだろう。

振り回した《六角棍》がファンゴの顎を引っぱたく。魔獣が哭いた。慌てて飛び退る。

「どうした、ファンゴ!　さっさとやってしまえ!」

ダルモアは既に自分の本性を隠す気もないようだ。

「そう簡単にやられますかってーの!」

ひと声吠えて、ファンゴが飛びかかってきた。尖った牙がエステルの首筋を狙って近づいてくる。だが、エステルにはファンゴの動きが見えていた。それだけではない。仲間の援護がくることも判っていた。

「エステル!」

ヨシュアの声とともに、ファンゴの鼻先で魔法が弾けた。ヨシュアが導力器を駆動させて援護の魔法を撃ってくれたのだ。魔法の水流を浴びてファンゴの牙の軌道は逸れ、エステルの顔すれすれを通り過ぎた。

ガチン、と魔獣の顎が噛み合わさった音が耳のすぐ近くで聞こえた。ぎりぎりの攻防に、ぞくりとエステルの肌が粟立つ。だが、この瞬間がチャンスなのだ。

(今、だ！)

時間の流れがゆっくりになったかのように感じていた。魔獣の腹がエステルの身体の脇を通り過ぎようとするのが見えていた。

エステルの突き出した《六角棍》の先が、魔獣に向かって伸びてゆく。相手の勢いをそのまま利用した突きだった。棍の先が魔獣の腹に突き刺さった。

ギャン！　と犬のような鳴き声をあげて、ファンゴが床に落ちた。すかさず止めの一撃を撃ちこみ、叩き伏せる。

「ジーク！」

クローゼが叫んだ。

どこから入り込んだのか、シロハヤブサのジークが天井すれすれから羽ばたいて、ブロンコへと飛びかかってゆくのが見えた。猛禽類の名の通り、猛々しい声をあげて襲い掛かるジーク。

爪が目元を切り裂き、ブロンコが悲鳴をあげた。

ひるんだ隙をクローゼは見逃さなかった。

レイピアが閃き、魔獣へと突き刺さる。

「これで、終わりです……」

ゆっくりとブロンコは倒れた。流れた血が絨毯を赤く染めてゆく。もう戦う気は失せたようで、弱弱しげな声で啼いている。目を伏せて、クローゼはレイピアを腰へと戻した。

「ば、馬鹿な……私の可愛い番犬たちが……」

静まらない荒い息を整えながら、エステルは「それはこっちの台詞だっての！」と返した。どこの世界に番犬に魔獣を飼うやつがいるというのか。それこそ「馬鹿な」と言いたいエステルである。

「諦めなさい！　ここが潮時ってやつよ！」

「遊撃士協会規約に基づき、あなたを殺人未遂の現行犯で逮捕します。投降したほうが身のためですよ」

ヨシュアが言った。

呆然とした顔のダルモアがヨシュアを見つめる。それから、エステルたちの方に視線を向けると、熱を帯びた瞳で睨みつけてきた。

「ふ……ふふふ」

口許が歪み、掠れた笑い声のような音をあげる。

「な、なによ、こいつ」

「こうなっては仕方ない……奥の手を使わせてもらうぞ！」

そう言って懐へと手を入れると、短い棒のようなものを取り出した。

棒の先端をエステルたちのほうへと向けて叫ぶ。

「時よ、凍えよ！」

時間が、止まった。

† † †

短い棒――短杖《ワンド》の先端が白く輝き、エステルたちを包み込むように白い光が部屋に満ちた。

まぶしさに思わず目を瞑ってしまう。

エステルの身体全体に違和感のようなものがまとわりついた。まるで水中に放り込まれたかのように、何かがエステルたちの全身を包んだ。

白い輝きが収まる。

ニタリといやらしい笑みを浮かべ、ダルモアは片手にもった短杖をもう片方の手に打ち付けながら、エステルたちを見つめていた。

ダルモアの方へ足を踏み出そうとしてエステルは気づく。

「か、身体が動かない……！」

全身に薄い皮のようにまとわりつく何かに邪魔をされて指ひとつ動かせない。

「こ、これは……導力魔法《オーバルアーツ》なの、か？」

ヨシュアが辛うじて驚愕らしき表情を顔に浮かべて言った。顔の筋肉さえも楽に動かせる状況ではないからだ。

「くっくっく……」

低い声でダルモアが笑っていた。怒鳴りつけたいが、言葉をしゃべるのも億劫だった。

「これは恐らく……《古代遺物《アーティファクト》》の力」

クローゼが絞り出すような声で言った。

ちらりと横目で窺うと、部屋の隅に逃げていた執事のフィリップにいたっては、立ち上がることもできないようだ。その脇でデュナン公爵が気絶していた。魔獣が姿を見せた瞬間から声がしなくなったと思ったら……。間違いなく今もっとも幸福なのはあの公爵だろうとエステルは思った。気絶していれば身体が動かせなくとも問題ない。

「《アーティファクト》……だと!?　なんだそりゃ……」

ナイアルの声にも力がなかった。

一転して有利になったダルモアが杖を見せびらかしながら言う。

「ふっ、その通りだ。これは我がダルモア家に伝わる家宝の《アーティファクト》。一定範囲内にいる意志ある者の動きを完全に停止する力があるのだよ」

それは要するに人間の行動だけを封じ込めるということだ。

「な、なんてデタラメな力……」

「さすがは古代文明の叡智の結晶だと思わんかね。遊撃士の持つ導力器ごときとは比較にならぬ力を備えている……。まあ、《アーティファクト》の多くは、ひとつにひとつの機能しか持ってないのが些細な難点だがね」

懐に短杖を戻すと、代わりにダルモアは導力銃を取り出した。

「まったく、こういうときのための番犬を台無しにしてくれおって……。仕方ないから、君たちの始末は私自らの手で行ってあげるとしよう。くくく、光栄に思うのだな」

そう言いながら、銃口をエステルへと向けた。

「まずは、生意気な小娘からかな?」

「むっ、な、何が生意気よ！」

喉の奥から絞り出した声は掠れていて、悔しいが怯えているように聞こえてしまう。

エステルは唇を噛む。すっかり油断した。魔獣を二体、倒したところで勝負あったと思ってしまっていた。それでこのざまだ。

（悔しいぃぃぃ！）

ぎりりと奥歯を噛むが、相変わらず指ひとつ動かせない。

絶対絶命だ。

ダルモアはエステルからクローゼへと視線を動かし、

「そうしてから最後に、そちらの賢しらな小娘の息の根を止めるとしようか？」

クローゼは一言も言わずに黙って睨み返していた。

「どうした？　命乞いでもすれば助けてやらんでもないぞ？　たぶんな」

「だ、誰があんたなんかに……」

「ほう……まだそんな口を訊くか」

ダルモアがエステルに近寄ってくる。舐めるように足下から顔へと視線を動かすと、にたりと微笑んだ。背筋にぞくりと寒気が走る。

「侘びのひとつも入れられんとは、教育のなってない小娘だな……。すこししつけを叩き込んでやらんといかんかな？」

（こっちが動けないと思って……！）

握る導力銃がダルモアを強気にさせていることは間違いなかった。

「……るな……」

ヨシュアの声だ。

その声にエステルははっとしてしまう。

まさかと思ったのは、いつもの耳に馴染んだ声とあまりに違っていたからだ。

「汚い手でエステルに触るな……」

いつもの静かな、耳に心地良いヨシュアの声とは思えない声だった。

凍てついた氷をさらに研ぎ澄ませて尖らせたような……近づくものをすべて切り捨ててしまう刃のような……。昏い昏い黄泉の淵から呼びかけてくるような声だった。

「なに？」

ダルモアがヨシュアを見た。

「もしも……毛ほどでも傷付けてみろ……ありとあらゆる方法を使って、あんたを八つ裂きにしてやる……！」

「な……」

「ヨ、ヨシュア……」

そんなぎらついた目で人を見るヨシュアは初めてだった。視線で相手を殺してしまいそうな——暗い炎が瞳の中で燃えている。

「ヨシュアさん……」

クローゼの驚いた顔がヨシュアの変貌ぶりを物語っている。

「ゆ、指一本も動かせぬくせに意気がりおってからに……」

それは事実だった。

睨み返すのが精一杯で相変わらずエステルの身体は指ひとつ動いてくれない。

声も辛うじて絞り出している始末。握っている《六角棍》も、手のひらに貼りついているだ

けで、思うように動かせない。

「いいだろう！　貴様の始末を先にしてやる！」

ダルモアの銃口がヨシュアに向いた。

「や、やめなさいよ！　ヨシュアを傷つけたら、あたしだって絶対に許さないんだからね！」

だが、男二人は睨みあったまま言い合うのだ。

「……やってみろ」

「言ったな！」

ダルモアの瞳がぎらりと光る。指が引き金にかかり、今にもそこに力が込められるところだ。

「死ね」

押し殺した声で言った。

†　†　†

「だめえええええええええっ！」

喉の奥から絶叫が迸る。

その瞬間だ。

エステルの身体から、黒い閃光が放たれたのだ。

それはまさに〝黒い光〟だった。漆黒の輝きが部屋を充たしてゆく。

エステルの身体を中心として放出された黒い光は、放射状に広がっていって、あたりを闇で染めていった。

手の先が闇に呑みこまれて見えなくなり、顔をあげると辛うじて見えていたダルモアの姿が黒い光に呑まれるところだった。

周りに人の気配は感じるのだけれど何も見えない。まるで星のない夜の下に放り出されてしまったかのよう。地下に閉じ込められたような息苦しささえ覚えてしまう。

乾いた音が響く。ダルモアの驚いたような声が聞こえた。

唐突に闇が消えて、あたりの風景が色を取り戻した。

エステルはほっとすると同時に気付いた。

「身体の自由が……戻った？」

「な、んだと……」

ダルモアの呆然とした声。

懐から取り出した短杖を呆けたような表情で見ている。

杖は中ほどから砕けて折れていた。

「エステル……今の黒い光は？」

ヨシュアが振り返って問いかけてくる。思い当たるのはひとつだけだった。

「これ、だと思う」

懐から取り出したのは、父宛てに届いた小包の中に入っていた黒い球体。

漆黒の導力器《オーブメント》。

「これが光ったみたいだけど……」

理由も理屈も判らないが、手のひらの導力器《オーブメント》を見つめながら、なんとなくそう確信していた。

そういえば、この導力器を《アーティファクト》かも、とオリビエが言っていたような……。

「くっ。そんな馬鹿な……《アーティファクト》が壊れるわけが……」

「どちらにせよ……あなたの切り札はもうない」

ヨシュアが両手の短剣を構えながら言った。もう油断はしない、というしるしだ。

漆黒の導力器《オーブメント》を懐に戻し、エステルも棍を構えた。

「諦めて捕まってください」

クローゼが静かに諭した。

「……だれが捕まるものか！」

ダルモアが持っていた銃をエステルに向かって投げつけてきた。

「なっ！」

まさか唯一の得物を投げ捨てるとは思わなかったが、油断はしていなかったからエステルは棍棒でなんとか弾くことができた。

しかし、その隙にダルモアは魔獣が出てきた部屋に跳びこんでいたのだ。

「あ、待ちなさいよ！」

勢いよく扉を閉めてくる。

「待て！」

ヨシュアが先頭に立って飛び出す。

取っ手に手をかけて引くと簡単に開いた。鍵を掛けていない。だが部屋の奥にはさらに扉があってダルモアは既にその扉を開けて逃げるところだった。

「なんて往生際が悪いのよ！」

「追いかけるよ！」

ヨシュアが言った。

「うん！」

「はい！」

「あ、おい、待ちやがれ！」

ナイアルが言ったが、待っている余裕はない。

奥の扉を開けると廊下だった。

駆け去ってゆくダルモアの背中が見える。あっという間に角を曲がって、屋敷の裏手のほうへと向かっているようだ。

（逃げ足だけはめちゃめちゃ速いわね、あいつ！）

後を追うエステルたちの目の前でまたも扉が閉まった。

「しまった！　この音は……！」

扉に駆け寄ったヨシュアが、何かの音を聞き取って顔色を変える。

屋敷の裏手に続くその扉を開けると、ヨシュアが唸ったわけが判った。

目の前には川からの引き込み水路が流れており、ダルモアがヨットに乗り込むところが見えた。導力船らしく導力機関の立てる重い音が聞こえてきた。細かく船が揺れている。

ヨシュアが訊き取ったのは導力機関を動かす音だったのだ。

にやりとこちらを見て笑うダルモアにエステルの体温があがった。

「こらー！」

叫んだからといって止まるわけもなく、水面をすべるようにしてヨットが走り出してしまう。

「ま、待ちなさいっての！」

「怒るのは後に。エステル、こっちも追うよ！」

ヨシュアが水路に繋がれている小さなボートをもうひとつ見つけ、飛び移った。そのまま後部にある導力機関のスイッチを入れる。

「さあ！」

その声を聞く前にエステルもボートに飛び乗っていた。振り返ると、クローゼも飛び移ってくるところだ。揺れるボートの端に着地したクローゼの身体が傾く。慌ててエステルは両手を伸ばして支えた。

「行くよ！」

小さなボートで大きなヨットを追う水上の競争が始まった。

「こらー！　俺も乗せやがれってんだ！」

背中に聞こえるナイアルの声が遠ざかっていく。

狭い水路を抜け、ルビーヌ川へと入る。

ヨットとの距離は一セルジュほど。かなり離されてしまった。

だが、目の前に《ラングランド大橋》が見えてきた。エステルはしめたと思う。ダルモアのヨットは中型船だ。とても大橋の下をくぐることはできない。

「追い詰めた！」

「いや……まずいなこれは」

ヨシュアが悔しそうに言った。

「なんて悪運の強い……」

クローゼも唇を噛む。

おりしも正午の鐘が聞こえてきて、ラングランド大橋が真ん中から二つに割れ、橋が上がり始めたのだ。

大橋が上がるのを見て、ダルモアのヨットが加速した。

エステルたちのボートも必死で追いすがる。導力機関の荒い息遣いが耳に響いた。

（海だ！）

左右に分かれた橋が、まるで両手を広げて海へと誘っているように見えた。

（逃がさないわよ！）

エステルたちは海に出る前に捕まえたかった。広い外海に出られたら逃げられてしまうかもしれないからだ。それにエステルたちの乗る小さなボートでは外洋航海までは無理だ。

導力機関を操ってヨシュアはぎりぎりまで速度をあげる。

白い波を蹴立ててエステルたちのボートは進む。

徐々にヨットとの距離が詰まり始めた。

「近づいてきた！」

「やはりこちらの方が船体が軽いみたいですね」

ヨット後方に陣取ってダルモアがエステルたちのボートを見ている。

徐々に差を詰めているのが判るのか、ダルモアは船室《キャビン》にとって返すとなにやら抱えて戻ってきた。まるで大きな銃のような……。

（あれって……まさか）

（導力機関銃《オーバルマシンガン》！）

銃口がちかちかと光り、少し遅れて重い音が鼓膜を叩いた。

悲鳴を上げるのをなんとかこらえた。導力機関のあげる騒音を切り裂いて、機関銃の弾がエステルたちのボートに襲い掛かってきたのだ。

「くそっ！」

ヨシュアが懸命に舵を切ってボートを蛇行させた。

川面に幾つもの細い水柱が上がる。

だが、危ないのは危ないが揺れるヨットの上から撃ってそうそう当たるはずもない。一発も被弾しないうちに、あっという間に弾が尽きたようだ。

「む、無茶苦茶するわね～。でも、さすがにこれでもう打つ手がな……」

ごう、と耳元を風が過ぎ、エステルの髪をさらった。

「風が……出てきました」

クローゼが言った。

見れば、ダルモアの操るヨットの帆がいつの間にかいっぱいまで膨らんでいる。

「あ、あれ。あれれれ。なんか、遅れてきてない⁉」

「これは……沖合を流れる風です。たしか今の時間は、港のほうから外海に向かって吹いているはず」

エステルたちのボートが遅れているのではなかった。

導力機関の力に加えて、風を受けて帆の力が加わったために、ダルモアのヨットの速度が上がったのだ。

「まずいな、こうなったらヨットの方が断然有利だ……」

「あんですってぇ！」

エステルは歯噛みするがどうしようもなかった。

半セルジュまで詰めていた距離がゆっくりと開いてゆく。ダルモアが後部甲板に立って笑っていた。

声が風に乗って聞こえてくる。

「空の女神《エイドス》は私のほうに微笑みかけてくれたようだな！」

そんな馬鹿な、とエステルは思う。

（女神さま！　あんなヤツを見逃すなんてありえないわ！）

テレサ院長や子どもたちの哀しげにしていた顔が交互に浮かぶ。あの人たちにあんな顔をさせた奴がのうのうと逃げ切るなんて！　エステルは祈る。誰でもいいから、あいつを捕まえて欲しかった。一度は追い詰めたはずなのに……。

だが、現実に距離はどんどん離れてゆく。

握る拳が震えていた。ここまできて！

「なんだ、この音……」

　ヨシュアが言った。

「音……？」

「来た」

　ぽつりとクローゼがつぶやいた。

　そのときボートに巨大な影が落ちた。

　一瞬遅れて、導力機関のあげる爆音が頭の上で鳴り響く。

「な、なに……？」

　エステルは反射的に顔を上げて空を見る。流線形の巨大な物体が真上にあった太陽も青空の大半も隠してゆっくりと通り過ぎてゆくところだった。

　今度こそほんとうにエステルは驚いた。口をぽかんと開けたまま見つめてしまう。

「ひ……飛行船？」

　頭上を通り過ぎてから船尾が見えてきて徐々にその巨大な船の形が判ってくる。

　クローゼがつぶやく。

「リベール王国軍の親衛隊が所有する高速巡洋艦《アルセイユ》です」

「親衛隊の高速巡洋艦……女王陛下の懐刀にして、王国軍の切り札と言われる船か」

　ヨシュアが飛行船の船尾を見つめながら言った。

「《アルセイユ》の最高速度は時速三千六百セルジュ。もう、逃げられません」

クローゼの言うとおりだった。

あっという間に《アルセイユ》はダルモアの乗っていたヨットを追い越し、進路上に着水するとヨットを封じ込めた。

蒼と白の軍服――女王陛下に仕える親衛隊の証――に身を固めた兵士たちがヨットに雪崩れ込みダルモアを拘束してしまう。

背の高い女性士官が甲板上に姿を現した。

ようやく追いついたエステルたちに向かって声をかけてくる。

「やあ、遊撃士諸君。諸君の協力を感謝する」

にっと笑って敬礼をしてくる。

その女性士官は王国軍親衛隊の中尉を務める者だと名乗り、「後のことは我々に任せてくれ」と言った。

男っぽい喋り方をする女性士官はユリア・シュバルツと名乗った。

こうして、孤児院放火から始まったダルモア市長のたくらみは今度こそ潰えたのだった。

幕間

「記憶が曖昧だった？　自分がしたことを覚えてないってことかい？」

ジャンが尋ね、エステルはヨシュアと揃って頷いた。

カウンターの向こうでジャンが首を傾げる。

エステルたち——エステルとヨシュアとクローゼは、遊撃士協会の支部まで戻ってきていた。すでに昼というよりも、午後のお茶の時間に近い。

あのあと——。

波止場に戻ってからエステルたちも取り調べを受けた。といっても簡単な経緯を説明させられただけだ。詳しいことは遊撃士協会を通して報告書を出してもらうと言っていた。

聞き取りが終わって休んでいたエステルたちのところに、《アルセイユ》の甲板上から挨拶をしてきた女性士官——ユリア中尉が近寄ってきて、

『市長を問い詰めたのだが、どうやら記憶が曖昧になっているようだ』

と伝えてきたのだ。

その場には一般人であるクローゼもいたし、ようやく追いついたリベール通信社の記者ナイアルもいたのだが、ユリアは気にしていないようだった。ナイアルはこれ幸いと熱心にメモを取っていたっけ。

それともそこまでは公にできる情報ということだったのだろうか。

気にはなったけれど、エステルにはもっと気になることがあったので、深く考えなかった。

そのもっと気になることというのが……。

「空賊の首領もそんな感じだったのよね」

エステルはぽつりと言った。

ジャンがいぶかしげな顔をするので、エステルとヨシュアは、前に戦った空賊たちについてざっと話して聞かせる。

霧降り渓谷の砦でエステルたちと戦った空賊の首領も、気を失って目を覚ましたときには自分が何をしたのか覚えていなかったのだ。

「あの黒装束たちといい、何か関係があるかもしれないね」

ヨシュアが言った。

「まあ、これから取り調べでもっと詳しく判るんじゃないかな」

ジャンは楽観的な性格のようだ。

「あ、それでね。ユリア中尉と話していたら、そこにあの人がやってきたのよね」

あの人——情報部将校のリシャール大佐だ。霧降り渓谷でエステルたちの先回りをして空賊たちを捕まえた彼が、またも現れたのだ。背後には影のように付き従うカノーネ大尉もいた。

聞けばちょうどレイストン要塞にいて連絡を受けたのだという。

リシャール大佐は取り調べにレイストン要塞を使うようにと言った。

「えっ。わざわざレイストン要塞に護送するのかい？　《アルセイユ》で運べば王都にだってすぐだろうに」

「うん。親衛隊は女王様のためだけに働く部隊だから、こっちで預かるって」

「はー。お硬いねぇ」

ジャンの頭が柔らかいだけの気もする。

「要塞から大佐が来たのって、ジャンさんが連絡を入れてくれたからなんでしょ？」

「ああ、たぶんね。どうして親衛隊まで駆けつけたのかは判らないが……まあ、軍の連絡系統にも色々あるのかもしれないね。間に合ったみたいだから、どっちでもいいけど」

「それを言うならば情報部は本来、要塞勤務ではありませんし」

「それもそうだ」

ヨシュアの言葉にジャンが納得した顔になった。

「でも、今回の事件はこのあとが大変です……。今後、ルーアン地方の行政はどうなってしまうんでしょうか？」

暗い声で言ったのはクローゼだ。

「あ、そうか……。市長が逮捕されちゃったし」

「とりあえずは王都から代理の市長が派遣されると思う。その後はダルモアの有罪が確定すれば、いずれ選挙が行われるだろうね。あと、孤児院については正式な補償が行われると思うよ」

ジャンが請け負ってくれた。

クローゼの顔にようやく安堵の色が広がる。

「これも皆さんのおかげです。本当にありがとうございます」

そう言って深々と頭を下げる。

「水くさいこと言わないでよ」

「そうだね。当然のことをしただけさ」

エステルたちの言葉に、クローゼは柔らかい笑みを浮かべた。その微笑みだけで、エステルの苦労など吹き飛んでしまう。

照れくさかったので話題を変えた。エステルはジャンに尋ねる。アガットのその後についてだ。気になっていたのだ。ジャンの話によれば……。

アガットからは導力通信で連絡が入ったという。

黒装束の男たちは残念ながら取り逃がしてしまったらしい。他に仲間がいたらしく待ち伏せされたという。襲撃を辛うじてはねのけて、そのままツァイス方面に向かって連中を追跡中らしかった。

「タフね〜」

エステルは感心してしまった。偉そうな態度をするだけはある。

ジャンがぽつりと言った。

「実は、しばらく前から、アガットはあの連中を追いかけているんだ。どうやら、君たちのお父さんに頼まれた仕事らしいけどね」

寝耳に水の言葉にエステルは驚いた。

「父さんの依頼でアガットさんが動いているんですか？」

ヨシュアの問いかけは、どうしてアガットが父カシウスの頼みで仕事をしているのか、という意味だ。

「ふふ、《レイヴン》にいたアガットを更正させたのは他ならぬカシウスさんだからね」

「そうだったの⁉」

「だから頭が上がらないのさ。まあ、ああいう性格だから感謝なんてしてない風を装っているけれどね」

「なるほど……僕らに対する厳しい態度もそれが原因かもしれないですね」

「じゃあ、やっぱり父さんのとばっちりじゃないのよっ！」

あのオヤジはぁ、とエステルは頬を膨らませた。そんなエステルを見て、クローゼがくすくすと笑う。ようやく明るい顔をした彼女に、エステルはほっとしてしまった。

「あ、父さんで思い出した！」

「ああ、あれだね」

エステルは懐から黒い球体を取り出した。

「色々ありすぎて、つい忘れちゃっていたけど……コレ、いったい何なのかしら？」

「おかげで助かったけど、少し不気味な感じはするね……」

手のひらの上の真っ黒な球体を見てジャンも不思議そうな表情を浮かべる。

「珍しい色の導力器《オーブメント》だね。どういった由来の物なんだい？」

ジャンに問われて、エステルは改めて黒い球体を手に入れた経緯を話した。

父カシウス宛てだった小包の中に入っていた品だということと、添えられていた手紙に書かれていた謎のメッセージのこと。


『例のサンプルを入手した。

しばらく保管をお願いする。

機会を見て、R博士に解析を依頼して頂きたい。

K』

話し終えると、クローゼが「そんなことが……」と驚いたような顔になった。

黙って聞いていたジャンが天井を見上げて言う。

「ふーむ、R博士にKか……ひょっとしたら……」

「えっ、なにか心当たりがあるの？」

「心当たりというほどじゃないんだが……。その件について調べたいならばツァイス地方に向かった方がいいかもしれない」

「ツァイス地方？」

「というか、ツァイス市だね。知っていると思うが、あそこは導力器《オーブメント》の生産で有名な土地だ。『工房都市』という名が付けられているほどでね。博士の肩書を持っている人も多い」

ヨシュアがなるほどという顔になった。

「R博士ですね」

「その市にいるかもってこと？」

「そういうこと。それに、たとえそのR博士がツァイス市にいなかったとしても、その黒い球体の正体が知りたければ、あの工房都市以外を訪れても無駄だろう。ツァイス市こそがリベール王国最大の導力器《オーブメント》生産地だからね」

ジャンの言葉を聞いて、胸が高鳴らなかったかといえば嘘になる。ここまで振り回されてきた感のある黒い球体の正体が判るかもしれないのだ。

だが——。

「あたしたち……この街でまだ修行する必要が……」

「いや、そうでもないさ。ほら、これ」

軽い調子で言いながら、ジャンがひらりと一枚の書類を渡してきた。受け取って、書面を眺めて、エステルは目を剥いた。

「こ、これ……！」

「うん。ルーアン支部からの正遊撃士資格の推薦状さ。心配しなくても、ちゃんとヨシュア君のぶんもあるよ」

「いえ、心配はしていませんでしたが……いいんですか？」

ヨシュアが言った。

「君たちは、空賊事件を解決してボースでそれをもらったろう？　同じだよ。これだけの大事件を解決されちゃ、うちとしても渡さないわけにはいかないからね」

ジャンが小さな声で、優秀な正遊撃士が早く欲しいのは本音だしね、と言った。

エステルとしては、自分がそんなに期待されるほど優秀だと言える自信はなかったが……。

（でも、これでツァイスに行ける！）

単純に嬉しいのは確かだ。

「良かったですね。エステルさん、ヨシュアさん。淋しくなってしまいますけど……」

はっとなってクローゼを見る。そうだった。ツァイスに向かうということは、仲良くなったクローゼともここでお別れということなのだ。

「クローゼ……」

「あは。わがまま言ってごめんなさい。ただ……せっかく仲良くなったのにな、ってちょっと淋しかっただけです」

「そんなこと……。あたしも仲良くなれて嬉しかった！」

「エステルさん……」

どちらからともなくそっと手を握り合った。

マノリアの村で出会ってから、孤児院で再会し、ルーアンの街まで案内してもらった。不思議な偶然が続いて、本来ならば経験できるはずもなかった学園生活を共に過ごすことになり、お芝居まで一緒にやって仲良くなった。同年代の女の子の知り合いが少ないエステルには嬉しい女友だちだったのだ。

孤児院放火事件の謎を一緒に解き明かし、共に戦い、ボートに乗って市長を追いかけた。

クローゼ・リンツ――王立学園首席にして、遊撃士にも負けない細剣《レイピア》の使い手。シロハヤブサのジークを友人に持つ少女。

エステルはクローゼのことをこの先もずっと忘れないだろうと思うのだ。

胸がいっぱいになった。

「ツァイスに行っても手紙を書くね」

「私も書きます。……遊撃士協会の支部宛てで届きますよね？」

そっとつかんでいた手を固い握手へと替える。

エステルはツァイスに向かう決心を固めた。

黒い導力器《オーブメント》の正体を突きとめ、父の行方を追うのだ。この謎の背後には、きっとあの黒装束の男たちも潜んでいる。

それらを解決した先に、正遊撃士への道もあるだろう。

「ヨシュア……」

「君の言いたいことは判ってるさ、すぐにでも行きたいんだろう?」

「うん!」

こうしてエステルとヨシュアは、青と白に彩られた『海港都市』ルーアンを離れて、リベール王国最大の『工房都市』ツァイスへと向かうことになったのだ。

あとがき

こんにちは、はせがわみやびです。

日本ファルコムの名作ＲＰＧ「英雄伝説　空の軌跡ＦＣ」「英雄伝説　空の軌跡ＳＣ」を小説化するシリーズの二冊目をお届けします。

二巻の内容は、海港都市ルーアンおよびジェニス王立学園編となります。

ＦＣ編は次回の三巻まで続く予定。もう一冊、あります。

空の軌跡はかなり長大なシリーズであり、毎度のことながら、どこを切り取って、どこを省略するかで悩みます。

今回のノベライズでは、エステルとヨシュアに主に焦点を当てて描きましょう、と打ち合わせで決めたのですが、それゆえに零れ落ちる美味しいエピソードも多く、毎回、泣きながら削るはめに。

王立学園のエピソードもまるまる削ってしまう案も存在しました。エステルとヨシュアの関係の変化を描くためには抜けないだろう、と判断して全部入れることになったのですが。

削ってしまうと、ヨシュアの◯◯もなくなってしまいますし。

あまりにももったいない――ですよね？

みなさまの、ご意見、ご感想をお待ちしております。

では、恒例の謝辞を。

編集の小渕さま。今回もぎりぎりの編集、お疲れ様でした。次巻もよろしくお願いします。

イラストのワダアルコさま。素敵なイラストをありがとうございます。ヨシュアとエステルの仲の良さが絵からも伝わってきます！　そして、原作の日本ファルコムさま。丁寧なチェックをありがとうございます。台詞の隅々まで見ていただき、感謝しております。

そして、読者のみなさま。一巻への温かい感想、ありがとうございます。

これからもエステルやヨシュアの活躍を楽しんでいただければ幸いです。

次巻は、工房都市ツァイスと王都グランセルでの冒険になります。いよいよ、ＦＣ編もクライマックス！

お楽しみに！

2巻発売、
おめでとう
ございます♥

2冊目もとても楽しく
描かせて頂きました。
料理が便利
かつ楽しすぎて
つい料理ばかり
やってしまう…!!!

ワダアルコ.

英雄伝説 空の軌跡
2黒のオーブメント

2015年1月9日　初版発行

原作　日本ファルコム株式会社（『英雄伝説　空の軌跡』）

著者　はせがわみやび

発行人　田中一寿

発行　株式会社フィールドワイ
〒101-0062
東京都千代田区神田駿河台3-1-9　日光ビル3F
03-5282-2211（代表）

発売　株式会社メディアパル
〒162-0813　東京都新宿東五軒町6-21
03-5261-1171（代表）

装丁　さとうだいち

印刷・製本　シナノ印刷株式会社

Printed in JAPAN
ISBN978-4-89610-841-5 C0093

ファンレター、本書に対するご意見、ご感想を
お待ちしております。

あて先
〒101-0062　東京都千代田区神田駿河台3-1-9　日光ビル3F
株式会社フィールドワイ　ファルコムマガジン編集部
はせがわみやび先生　宛
ワダアルコ先生　宛